Saliha Scheinhardt

Liebe, meine Gier, die mich frißt

HERDER / SPEKTRUM

Band 4249

Das Buch

„Nach langer Zeit entschloß ich mich, geschlagen, aber auch zornig wieder dorthin zu fliegen. Dorthin, wo mir die Fesseln des Lebens geschmiedet wurden, dorthin, wo ich meinen Urzorn, meine Urliebe gebar." Verheerung und Fruchtbarkeit, Segen und Bedrohung prägen Sizilien, das Land von Aurelias Kindheit. Aufgewachsen ist sie am Fuß eines unberechenbar drohenden Vulkans, nach einer harten Jugend, zur Unterwerfung erzogen, vom Stiefvater mißbraucht, als Minderjährige an den Nachbarssohn verheiratet. Sie war einst ausgezogen nach Deutschland, voller Hoffnung und Glück. Leben wollte sie, geliebt sein, begehrt und verwöhnt werden. Sie wird schnell desillusioniert, lebt in einem Käfig aus blinder Liebe und kranker Eifersucht, begegnet einem Abgrund von einsamer Trauer und Angst. Saliha Scheinhardt erzählt die authentische Geschichte einer einfachen Frau in packenden Szenen. Wie sie vor einem Scherbenhaufen der Hoffnungen steht, als ihr Mann sich abwendet und sie betrügt, wie sie eine neue Liebe findet, immer wieder hofft auf eine neue Zukunft, auf unbekümmertes Glück. Die Kraft ihrer Liebe reicht nicht aus, um Probleme und Differenzen zu überwinden. Der Hunger nach Zärtlichkeit treibt sie in Lieben mit aufflammendem Glück und noch tieferem Schmerz, ohne Hoffnung auf Dauer. Doch ihren Traum gibt sie nicht auf. Die Geschichte einer Frau auf der Suche nach Liebe, die erst mühsam lernt, ihr Schicksal und ihr Leben selbst in die Hand zu nehmen.

Die Autorin

Saliha Scheinhardt hat sich immer wieder zur Sprecherin der Sprachlosen gemacht, vor allem der Frauen. Sie selber, geboren im türkischen Konya, kam 1967 in die Bundesrepublik. Sie lebt als freie Schriftstellerin in Offenbach. Bei Herder/Spektrum: Drei Zypressen (4080); Und die Frauen weinten Blut (4155); „Frauen, die sterben, ohne daß sie gelebt hätten" (4188); „Sie zerrissen die Nacht" (4232). Im Hardcover: „Die Stadt und das Mädchen."

Saliha Scheinhardt

Liebe, meine Gier, die mich frißt

Erzählung

Herder
Freiburg · Basel · Wien

Verlag Herder Freiburg i. Br. 1994
Lizenzausgabe mit freundlicher Genehmigung des Verlages
Klein & Blechinger, Köln
Herstellung: Freiburger Graphische Betriebe 1994
Umschlaggestaltung: Joseph Pölzelbauer
Umschlagmotiv: Mehmet Güler, Annäherung (1993)
ISBN 3-451-04290-8

Aurelia Rossi
geborene Nero
** 1940*
in Bel Passo

Aurora Nero, ihre Mutter
geborene Giacomo
**1924*
in Bel Passo

Peppino Nero, ihr Vater
genannt Pino, der Marmorarbeiter
** 1920*
in Bel Passo

Bel Passo: *Provinz Catania/Sizilien*
60 km vom Meer entfernt
3000 Einwohner
Bevölkerung: Bauern und Handwerker
Infrastruktur: eine Schule, sieben Kirchen, ein Friedhof, ein Rathaus, eine Kranken-stationdes Roten Kreuzes.
Der Ort wurde im Lauf seiner Geschichte mehrmals durch Erdbeben und Vulkan-ausbrüche des Ätnas völlig oder teilweise zerstört.

Nach langer Zeit - in meinen Gefühlen widerwillig, mit dem Verstand jedoch nicht ganz so abgeneigt - entschloß ich mich, geschlagen, aber auch zornig, wieder dorthin zu fliegen. Dorthin, wo mir die Fesseln des Lebens geschmiedet wurden, dorthin, wo ich meinen Urzorn, meine Urliebe gebar.

Ich flog über den Ätna. Ich streckte meine Hände vom Himmel herunter, berührte seine Spitze. Zart und warm war er, wie die Hand meiner Mutter... nach so langer Zeit doch noch so vertraut. „Ich bin es, Ätna. Ich, ich bin wieder da, deine Kleine, Aurelia, dein Waisenkind. Ich, deren Sorgen du immer angehört und als Geheimnis bewahrt hast. Erkennst du mich, Ätna? Ich bin es, deine Aurelia!"

Er sagte nichts. Ich hatte ihm mein Kommen nicht angekündigt. War er überrascht? Hatte er mich gänzlich vergessen? Doch bald, in wenigen Stunden schon, würde ich meinen Kopf unter die Bettdecke stecken wie früher, erzählen, unermüdlich erzählen, was ich ihm zu sagen hatte. Würde er mir denn auch antworten wie früher, wenn ich aus dem Fenster schaute? Würde ich, wie früher, tags seinen Rauch, nachts seine Flammen entschlüsseln können? Ätna, Ätna, ich bin wieder da. O du! Berg der Berge! Ätna - Fruchtbarkeit und Reichtum, Verheerung und Zerstörung, Segen und Bedrohung!

„Mama und Papa sind nicht gekommen", sagte Maria-Rosalia. „Du kennst sie ja, sie sind bis über beide Ohren beschäftigt. Seit Tagen schon streiten sie sich, was sie dir heute abend als Hauptgericht servieren sollen und was als Vorspeise. Wie immer hat Don Orlando Mutter wieder überredet. Ich glaube, sie haben sich auf gebackene Auberginen geeinigt, und danach soll es Lasagne geben. Mutter ist ihm ja ohnehin, wie du weißt, nur noch helfende Hand in der Küche; er allein entscheidet meist, was geschehen soll. Außerdem wollten alle meine Lieben zum Flughafen, du weißt ja, wie Kinder sind. Allein bei dem Gedanken, daß ihre Tante aus dem Flugzeug steigen wird, waren sie nicht mehr zu bremsen. Ist ja auch verständlich, schließlich kommst du nicht jeden Tag aus der Ferne angeflogen. Du hättest sehen sollen, wie sie außer sich waren, als sie die vielen Flugzeuge starten und landen sahen - überhaupt ist Concetta das erste Mal hier..." Sie wiegte ihren Kleinen im Arm und steckte ihm reflexartig den Schnuller in den Mund, rief hinter ihrem Ältesten her, er solle dem Fließband fern bleiben. »Vieni qui«, schrie sie mehrmals.

Als das kleine Biest überhaupt nicht daran dachte, darauf zu reagieren, eilte ihr Mann, Gesualdo, davon, um den Jungen zu holen. Man hörte leises Fluchen. Eigentlich konnte er gar nicht fluchen, doch mußte er zumindest so tun, um den strengen Vater vorzutäuschen. Als Gesualdo dann mit beherrschten aber entschiedenen Schritten auf den Jungen zulief, rettete sich dieser in die Menge und mischte sich unter sie. Er lachte und rief seinem Vater zu, er solle ihn doch holen, wenn er könne. Gesualdo, nun sichtlich wütend, rannte hinterher, ließ sich auf das Versteckspiel seines Sohnes ein.

Maria-Rosalia betrachtete ihre beiden Männer amüsiert und lachte schließlich mit einem Anflug von Stolz über ihren mutigen und pfiffigen Sohn Vito. Vito habe ich nie gemocht, dachte ich und fragte mich, warum. Er war ein Junge wie jeder andere auch, obendrein intelligent, redegewandt, fleißig, stets sauber angezogen, zuvorkommend - und doch mochte ich ihn nie, und etwas Undefinierbares in mir wehrte sich entschieden gegen den Versuch, ihn auch nur ein wenig gernzuhaben. Inzwischen drehten meine schweren Koffer ihre Runden auf dem Fließband. Ich hatte gehofft, Gesualdo würde sie bis zum Wagen schleppen, wenn er mich schon abholen kam, aber daran war nicht zu denken. Er jagte, wer weiß wo, hinter seinem Sohn her. Ich war müde. So erholsam, wie viele behaupten, war das Fliegen gar nicht, jedenfalls nicht für mich. Ich wollte nach Hause. Auch meiner Freundin Sarah, die mit mir gekommen war, stand die Erschöpfung ins Gesicht geschrieben. Mutter und Don Orlando hatten bestimmt schon alles vorbereitet, das Essen in den Ofen geschoben, um es warm zu halten, das Wasser für die Spaghetti zum Kochen gebracht. Ganz sicher standen sie am Balkon und blickten mit Herzklopfen auf die Autos, die vom Tal unten in den Ort hinauffuhren. Bei der geringsten Verspätung würden sie sich tausend Gedanken machen und das Schlimmste befürchten, daß ich vielleicht, aus welchem Grund auch immer, nicht aus dem Flugzeug gestiegen sein könnte.

Inzwischen hatte ich die Koffer durch einen Träger zum Wagen bringen lassen. Gesualdo zog seinen Sohn mit einer Hand am Ohr, mit der anderen hatte er den Arm des Jungen geknickt und schob ihn vor sich her wie die Polizisten im Krimi, wenn sie nach einer Razzia die Dealer und Zuhälter abführen.

Ich saß eingeklemmt zwischen Vito und Concetta auf dem Rücksitz. Die Koffer versperrten die Sicht, aber Gesualdo saß endlich am Steuer und versuchte, seinen Sitz zurechtzurücken. Dabei flüsterte er fortwährend vor sich hin, drehte sich immer wieder um, blickte streng, aber bemüht, nicht unbeherrscht zu sein, nach hinten, ließ schließlich den Motor an. Ich fragte mich, ob seine drohenden Blicke und leisen Flüche mir galten, meinen Koffern, seinem unbotsamen Sohn oder allgemein den beengten Umständen. Oder war es einfach ein Tick von ihm geworden? Als Busfahrer mußte er diese Strecke täglich fahren, mit überfülltem Bus, die Leute ständig im Rücken. Er setzte den Wagen in Bewegung, nicht ohne die hierzulande üblichen zackigen Busfahrerallüren.

Ich hing immer noch meinen Gedanken nach, als Maria-Rosalia plötzlich einfiel, sich in die Auseinandersetzung ihrer beiden Kinder einzumischen, die rechts und links von mir saßen und einander über meinen Kopf, Busen, Bauch und die Beine hinweg die Fäuste zeigten und unmißverständliche Drohungen zusandten. Ich wollte sie nicht schon in der ersten Stunde unseres Wiedersehens zügeln und nahm daher Concettas Fäuste, hielt sie mit einer Hand fest, als wollte ich sie liebkosen, schmiegte zärtlich meinen Kopf an den ihren.

Maria-Rosalia wechselte das Thema und stöhnte über die Enge ihres Alfa Romeo, lobte Gesualdo, der soeben die Anschaffung eines Lancia für dreihundertfünfzig Millionen Lire perfekt gemacht hatte, und berichtete im selben Atemzug, wie schnell die Kinder wuchsen. Während sich dieser Wortschwall über uns ergoß, stieß sie unentwegt den Schnuller in den Mund ihres Jüngsten, den sie im Arm hielt. Sie war sichtlich besorgt, daß ich keines ihrer Worte verpaßte, und berichtete, halb nach hinten geneigt, vom Erwerb weiterer Luxusartikel, die für das neue Auto unentbehrlich waren. Außerdem sei die Gegend von Dieben bevölkert, weshalb man sich kaum eine anständige Musikanlage einbauen lassen könne, es sei denn, man trage das Autoradio immer und überall mit sich herum.

Meine Gedanken wanderten. Die Fahrt dauerte lange, so weit war doch die Strecke früher nicht gewesen, und gab es damals auch schon so viele Kurven? Überall Kurven, nach rechts, nach links, alle Insassen des Wagens kurvten mit dem Lenkrad mit. Es war fast Mitternacht, der Mond schien nicht hell genug, daß ich die Silhouetten der Berge hätte erkennen können. In den Tälern funkelten grüppchenweise die Lichter. Schwager Gesualdo berichtete von sich vermehrenden Erdgasquellen in der Gegend, von den dadurch neu gewonnenen Arbeitsplätzen, dem steigenden Wohlstand und daß niemand mehr daran denke, des Broterwerbs wegen auszuwandern.

„Wir haben alles", sagte er, „wir brauchen niemanden. Aus dem Norden kommt immer mehr Kapital auf die Insel. Sie investieren jedes Jahr mehr, und sie wissen, daß sie ohne unsere Arbeitskräfte sehr bald kapitulieren müßten. Sollst mal sehen, was aus uns in ein paar Jahren noch wird, Schwägerin. Die Insel blüht, guck dich mal um, alles was du willst: Obst, Gemüse, Getreide, Fisch, Oliven, Wein - wie sollten sie da im kalten Norden ohne die Früchte unserer Hände existieren? Wir allein, wir ernähren sie, das haben sie zum Glück nun kapiert. Sie können gar nicht genug investieren." Dabei wies er nach rechts und links auf die Obstplantagen, die ich allerdings in der Finsternis nicht sehen konnte; er auch nicht, jedenfalls in diesem Augenblick nicht, wenn er nicht mindestens Katzenaugen hatte. Aber er wußte, daß die Plantagen rechts und links der Straße oder weiter unten im Tal lagen, schließlich kannte er die Gegend wie seine Handfläche. Von seinen täglichen Fahrten mit dem Linienbus kannte er jeden Busch, jedes Haus, den Ertrag der Felder und Weinberge und ebenso die Besitzer. Außerdem hörte er von seinen Fahrgästen täglich den neuesten Klatsch, den er keineswegs für sich behielt. Das wußten die Leute und schauten ihn immer schon erwartungsvoll an, wenn er irgendwo auftauchte und anfing, die neuesten Witze und die abenteuerlichsten Geschichten zu erzählen. Da war alles ganz Ohr und „neulich, bei mir im Bus..." war auch für die Leute eine zuverlässige Einleitung, wenn sie seine Geschichten, natürlich immer noch ein wenig aufpoliert und übertrieben, untereinander weitererzählten.

War ich eingeschlafen? Im Auto war es still gewesen - für kurze Zeit wenigstens. Oder war ich so tief in Gedanken versunken, daß ich vergaß, wo ich war, wer um mich und mit mir war? Flogen wir, schwammen wir über den Ozean? Die Lichter, die eben noch in der Ferne geblinzelt hatten, kamen mit unaufhaltsamer Geschwindigkeit näher, immer näher, bis wir in einem Meer von Lichtern schwammen. Die ganze Zeit während der Fahrt hatte ich kaum ein Gesicht neben mir wahrgenommen. Jetzt erhellten sich die Gesichter, jedes von ihnen lächelte, sichtlich erfreut, seinerseits mein Gesicht wahrnehmen zu können. Drei freundliche Kindergesichter, mir jedoch erschien ihr Lächeln undefinierbar.

Warum lächelten sie eigentlich? Worauf freuten sie sich? Auf mich, auf eine Tante aus Germania, die sie doch kaum kannten? Zu der sie eben die Beziehung hatten, wie Kinder sie nun einmal zu einer Tante in einem fernen Land haben? Sie hörten zwar die Erwachsenen oft von ihr sprechen, aber diese Tante konnten sie nicht anfassen wie „Nonno" und „Nonna", die Großeltern, oder wie die Tanten, bei denen sie auf dem Schoß sitzen, deren Nähe und Wärme sie fühlen konnten.

„Tante Aurelia ruft immer an, immer sprechen nur die Erwachsenen mit ihr, sie spricht nie mit uns. Mutter sagt, das Telefonieren sei sehr teuer und läßt uns nie sprechen. Dabei sprechen sie selber so lange, und jedesmal weint Nonna, geht danach in die Küche, steht am Herd, als koche sie etwas, und spricht mit sich selbst. Was sie spricht, verrät sie uns nie, manchmal murmelt sie auch ein Lied." Es ist immer dasselbe Lied. Niemand kennt es, ich auch nicht.

Nein, ich sprang nicht aus dem Auto, als wir endlich ankamen. Es war nicht die Müdigkeit, die mich daran hinderte, sondern eine merkwürdige Trägheit in den Beinen, eher psychischer Natur. Ich eilte auch nicht die Stufen hinauf, zwei oder drei auf einmal nehmend, wie man es in klassischen Fällen von Wiedersehensfreude wohl erwartet. Ich fiel ihnen nicht in die Arme, wie ich auch meiner Schwester und meinem Schwager am Flughafen nicht in die Arme gefallen war. Ich wartete, bis unser Gepäck ausgeladen und vor dem Treppenhaus unten gestapelt war, überprüfte meine Handtasche, die immer wieder aufging, weil sie mit tausend Kleinigkeiten vollgestopft war. Ich schloß sie, drückte mehrmals auf den Verschluß, bis ich das Gefühl hatte, daß sie nun endlich zu sei. Ehe ich die Straße überquerte, schaute ich mehrmals nach links und rechts, blieb unnötig lange stehen, blickte auf den Kirchturm, die Uhr hatte gerade zwölf geschlagen. Obwohl ich wußte, daß Mutter und Don Orlando auf dem Balkon standen - oder gerade deswegen - hob ich den Kopf nicht, als ich an der Haustür ankam. Ich fuhr mir mit den Händen durch die Haare, rückte meinen Rock zurecht, trat die Füße auf der Matte ab, wieder und wieder, als käme ich von der Landarbeit und wollte die Erde und den Mist von meinen Stiefeln kratzen. Dann erst stieg ich langsam die Treppen hinauf. Nicht, wie man glauben möchte, andächtig und in Gedanken daran, wie oft ich diese Stufen in meiner Kindheit rauf und runter gelaufen war. Keine Spur davon. Es waren allerdings auch nicht so viele, daß man unendlich lange hätte nachdenken können.

Concetta war bereits dreimal die Treppe hinauf und wieder herunter gelaufen. Die Wiedersehensfreude, die ich hätte verspüren und zeigen sollen, verkörperte sie. Jetzt kam sie wieder herunter, nahm meine Hand, hielt sie fest und zog mich die Treppe hinauf. Den Duft der Auberginen nicht schon auf der Straße wahrzunehmen, war unmöglich. Er stieg mir immer deutlicher in die Nase und ließ mich meine Verlegenheit vergessen. Ich machte mir mit einem Freudenschrei Luft. Mutter und ich umarmten uns zärtlich und schon rannen uns die Tränen über die Wangen. Beide versuchten wir, sie in Küssen zu ersticken. Wie sehr wünschte ich mir, dies alles in Ruhe aufnehmen zu können, langsam, jede Bewegung festhaltend, jede Umarmung bewußt wiederholend. Die Luft der Vergangenheit und der Gegenwart tief einzuatmen, Gedanken und Gefühle ganz zu konzentrieren.

Die Kinder schrien, vielleicht, weil sie Hunger hatten oder müde waren oder auch wieder und wieder umarmt werden wollten. Die Erwachsenen schrien, um die Kinder zur Ruhe zu bringen. Meine Wenigkeit ging dabei einfach unter. Anstatt schweigend abzuwarten, bis es wieder ruhiger wurde, ließ sich jeder etwas einfallen, um den Lärm der anderen zu übertönen. Die einen trampelten ohne ersichtlichen Grund mit den Füßen, gleichzeitig ertönte ein Hochzeits-Ju-Ju wie bei den Berbern, kurz darauf indianisches Überfallgeschrei, schließlich alles zusammen. Don Orlando schüttelte sichtlich verwundert den Kopf, obgleich er diesen Zirkus doch täglich um sich hatte. Nun war er an der Reihe, umarmt zu werden. Die Umarmung fiel kurz aus, denn das Essen wartete.

Mutter und Don Orlando müssen Stunden beschäftigt gewesen sein, diesen Berg von Auberginen zuzubereiten, aufzuschichten, die Pastasauce mit selbstgepflückten Tomaten und Basilikum zu kochen, den Salat zu schnippeln, das Tirami Su zu machen, Berge von verschiedenartigen Trauben, Feigen und Fichi d'Indias kühlzustellen.

Seit meinem letzten Besuch hatte Don Orlando sein Lebenswerk, die Metzgerei unten im Haus, aufgegeben. Er bekam wie Mutter eine anständige Rente und setzte sich zur Ruhe. Die Ruhe sah bei ihm allerdings etwas anders aus als bei normalen Leuten. Er ging schon auf die siebzig zu, doch waren an ihm keinerlei Anzeichen des Alterns zu bemerken. Er war schon seit eh und je für manche Leute geradezu beängstigend vital gewesen, keine Arbeit auf Erden hatte irgendwelche Spuren der Erschöpfung an ihm hinterlassen. Klagen, Wehwehchen, physische Schmerzen kannte er nie.

So konnte man nicht umhin zu glauben, er müsse über dämonische Kräfte verfügen. Von Mund zu Mund ging damals die Geschichte, wie er einst vor versammelter Kundschaft aus Versehen das riesige Metzgermesser in seinen linken Arm stach, während er von einem hängenden Rinderleib ein ordentliches Stück Fleisch abschneiden wollte, und plötzlich zwei Pfund Muskeln aus seinem linken Unterarm quollen. Die Frauen schrien bei diesem blutigen Anblick vor Schreck auf. Er jedoch reagierte, als sei nicht sein eigener Körper verletzt, sondern bloß der Leib eines Rindes, ließ das Messer liegen, zerriß seinen Hemdsärmel, rückte das Muskelfleisch behutsam zurecht, goß etwas Essig auf die Wunde und verband sie mit dem Stoffetzen. Dann nahm er das Messer wieder in die rechte Hand und hantierte an dem Rinderleib weiter.

„Wo seid ihr denn so lange geblieben, Kinder? So weit ist der Weg doch nicht. Ich bin zwar noch nie geflogen, aber man fliegt doch, um die Entfernungen zu verkürzen. Ich stehe schon den ganzen Tag auf dem Balkon und zähle die Flugzeuge, die am Horizont erscheinen. Mir wird ganz flau im Magen, wenn ich sehe, mit welcher Geschwindigkeit diese Höllenmaschinen über unsere Dächer zischen." Don Orlando war offenbar in der Tat fast den ganzen Tag über zwischen Küche und Balkon hin und her gewandert. Nachdem er das Essen fertig zubereitet hatte, saß er still auf dem Balkon und richtete die Blicke gen Himmel, zählte die Minuten. Es gelang mir nicht, ihm klarzumachen, daß mich nicht diese über die Häuserdächer dahinrasenden Militärmaschinen hierhergebracht hatten.

Seit Wochen wußte ich, was mir in meinem Elternhaus bezüglich des Essens bevorstand. „Mangia" hieß das meistgebrauchte Zauberwort: „Iß". Die Berge der zubereiteten Gerichte sollten im Laufe des Abends nach und nach aus den

Schüsseln in unsere Mägen wandern. Der Gast hatte stets am meisten zu essen, darauf achteten die Gastgeber wie üblich in unseren Breitengraden sehr. Es war schwer, sich dagegen zu wehren. Doch in diesem Haus, in dem ich aufgewachsen war, war ich nicht eigentlich ein hoher Gast, sondern die Tochter des Hauses, die, wenn auch sehnsüchtig erwartet, aus der Ferne anreiste. Ich fühlte mich, jedenfalls was das Essen betraf, den anderen Familienmitgliedern ebenbürtig und ließ keine Gelegenheit aus, mich diesem Zwang zur Unmäßigkeit zu widersetzen. Vor meiner Abreise schon hatte ich Mutter am Telefon erzählt, ich hätte ein schlimmes Magenleiden, könne nichts mehr vertragen. Ich hatte ihr eingeschärft, daß ich diesen Affenzirkus um das Essen nicht wiederholt wissen wollte, andernfalls sei ich entschlossen, meine Koffer zu packen.

Vor allem wollte ich diesmal nicht wieder die ganze Zeit an ihrem Rockzipfel hängen, sondern meine Freiheit genießen. Ich hatte mir für diesen Besuch einiges vorgenommen, schließlich arbeitete ich nicht ein ganzes Jahr lang bis zur Erschöpfung, um dann meinen Jahresurlaub nach ihren Vorstellungen in der Enge ihrer vier Wände zu verbringen und immer nur zu essen, bis ich Durchfall oder Verstopfung kriegte.

Früher hatte sie, die Ärmste der Armen, mich täglich mit zwanzig bis dreißig Kaktusfeigen und Brot gefüttert, um mich satt zu kriegen. Totale Verstopfung und ein steinharter, dicker Bauch waren die Folgen, so daß ich mich vor Schmerzen nicht zu rühren wagte. Jedes Jahr im September verwandelten sich in Sizilien Himmel und Erde in Kakteen. Selbst das Brot war damals knapp und kostete eine ganze Lira.

„Du mußt richtig drücken, Kind. Halt die Luft an, preß die Lippen zusammen. Ich halte deine Nase zu, nun preß doch, nach unten, noch mehr, noch mehr..." Es geschah nichts. Sie ließ meine Nase los, da die Adern zu platzen drohten. Mein Gesicht war blau geworden. Da legte sie mich bäuchlings über ihre Knie, zog eine dicke schwarze Haarnadel aus ihrem Dutt und fischte mir die Kaktusfeigen hinten einzeln heraus.

Obwohl wir nur zu gut wußten, was diese Früchte in meinem Organismus anrichteten, gelang es uns nicht, davon zu lassen. Wenn man Feigen ißt und dann Wasser trinkt, bewirkt das normalerweise Durchfall. Auch ich versuchte mit dieser Methode, meine Verstopfung zu bekämpfen. Vergebens. Auch bei meinen letzten Besuchen: Wie eine Hochschwangere mit steinhartem Bauch konnte ich weder sitzen noch liegen und platzte vor Wut, weil mir innerhalb einer Woche die Röcke nicht mehr paßten und ich nicht mehr wagte, auf die Straße zu gehen. „Diesmal nicht, Mutter", sagte ich bestimmt.

Sie beruhigte mich. „Kind, hier hast du doch, was du willst, auch deine Freiheit", sagte sie. Aus ihrer Sicht hatte sie freilich recht, denn der eigentliche Übeltäter war Don Orlando, nicht sie. Mit ihm hatte ich aber in diesem Ton noch nie geredet, und Mutter würde ihm aus lauter Furcht, ihn zu beleidigen, nichts von meinen Wünschen und dem Magenleiden erzählen. So standen mir auch diesmal wieder heftige Wortgefechte und seelische Krämpfe bevor, und das alles nur, weil sie mir zeigen wollten, wie sehr sie mich liebten!

Am ersten Abend fand ich es anständiger, den Kampf nicht sofort zu eröffnen. Genußvoll aß ich alles auf, was mir auf den Teller gelegt wurde. Seit Mutter krank war, hatte sich Don Orlando die Küche erobert, und er kochte vorzüglich. Ich lobte ihn aufrichtig, staunte über sein hausfrauliches Geschick und erkundigte mich nach diesem und jenem Rezept. Die fatale Wirkung meiner Komplimente durchschaute ich leider viel zu spät: Je enthusiastischer ich das Essen lobte, desto mehr Auberginen häuften sich auf meinem Teller. Von diesem Tag an fand ich Don Orlando schon früh morgens in der Küche, Auberginen schälend, oder ich wachte vom schweren Geruch nach verbranntem Öl im Nebenzimmer auf.

Don Orlando hatte sich seit Mutters Krankheit völlig verändert. Hoffnungslos erkrankt, hatte Mutter monatelang in verschiedenen Krankenhäusern und Sanatorien gelegen. Physisch hatte ihr nichts gefehlt. Doch hatte sie plötzlich kein Wort mehr gesprochen und das Essen verweigert. Im Stillen befürchtete ich, dies sei ihr Abschied, und ihr Schweigen im letzten Stadium ihres Lebens sei das einmalige Aufbegehren, mit dem sie fast siebzig Jahre gewartet hatte, als wolle sie allen Toten und Lebendigen, die ihr Leben rücksichtslos zunichte gemacht hatten, das zurückzahlen, was sie ihnen schuldete. Als wir feststellten, daß sie an Stelle einer therapeutischen Behandlung mit Psychopharmaka vollgestopft wurde, ließen wir sie in eine Privatklinik verlegen, in der Hoffnung, dort werde es mit ihr aufwärts gehen. In dieser Zeit hatte sich Don Orlando angewöhnt, nicht mehr zu schlafen. Das Ehebett der beiden blieb über Monate hinweg unberührt. Mehr als vierzig Ehejahre hatte er Leid und Glück geteilt mit dieser Frau, hatte sie ernährt und gequält, und nachts hatten ihre Köpfe auf demselben Kissen geruht. Nun, da sie in fremden Kliniken, in anonymen Betten, ausgeliefert irgendwelchen unbekannten Krankenschwestern, das Essen und den Schlaf verweigerte und ihres Lebens überdrüssig schien, nun, in der Abwesenheit der stummen Lebensgefährtin, packte ihn die Angst. Er rannte schon bei Sonnenaufgang zur Bushaltestelle, fuhr, in Gedanken versunken, über Berge und Täler ins Krankenhaus, wusch sie morgens, zog ihr frische Wäsche an, fütterte sie, führte sie in den Hof, ging mit ihr unter den Trauerweiden spazieren, flüsterte ihr liebe Worte zu, legte sie wieder ins Bett, paßte auf, wieviele Schlaftabletten sie einnahm, und erst wenn ihr langsam die Augen zufielen und er sie noch einmal zugedeckt hatte, verließ er ihr Zimmer. Oft weinte er auf dem Heimweg aus Angst, sie könnte am nächsten Morgen nicht mehr aufwachen. Dem Dorfpfarrer beichtete er die Sünden seines ganzen Lebens, spendete eine Kirchenuhr und betete, Gott möge ihm ihren Schatten nicht nehmen.

Als Mutter, physisch halbwegs gesund, jedoch mühsam gegen ihren Gedächtnisschwund ankämpfend, wieder heimkam, weinte Don Orlando vor Freude. Dieser Koloß, dessen Finger fast so groß und stark waren wie mein Unterarmknochen! Seit Mutter wieder zu Hause war, wachte er über ihre Gesundheit wie ein Schäferhund. Mutter ihrerseits genoß ihren nun völlig veränderten Mann in vollen Zügen. Es war augenscheinlich, daß sie ihr verpaßtes Glück jetzt, im letzten Stadium ihres Lebens, der Vergangenheit trotzend auslebte. Die Schlaflosigkeit Don Orlandos jedoch hatte sich so sehr in sein Leben eingenistet, daß er auch weiterhin nicht schlief, ja, den Schlaf nicht einmal vermißte. Er fühlte sich keineswegs erschöpft oder nervös. Keine Spur davon. Er pflegte sich manche Nacht gegen zwei Uhr leise von Mutters Seite zu schleichen, dann lief er hinaus auf die Felder bis ins Tal, ging mal zu diesem, mal zu jenem Bauern, melkte die Kuh, pflückte Obst, erntete Gemüse und kam beim ersten Vogelzwitschern heim.

Da rieb sich dann auch bereits Mutter die Augen, erhob sich schließlich, wusch sich, machte die Haare mit dem Lockenstab zurecht, parfümierte und puderte sich, band dann ihre Schürze um und nahm ihren Platz am Eßtisch ein.

Don Orlando hatte inzwischen eine riesige Schlüssel frische Milch aufgekocht, gezuckert und frische Brotbissen hineingestückelt. Damit begannen Mutters morgendliche Qualen: Sie mußte die in Milch aufgeweichten Brotstückchen auslöffeln. Er paßte genau auf, daß nicht ein Bissen Brot übrigblieb, bis ich ihm am dritten Tag in der Küche leise klarmachte, Mutter brauche Vitamine, die ihre Gehirnzellen wieder belebten, zuviel Brot schade in diesem Fall eher. Woher ich diese Weisheit hatte, war unwichtig. Am vierten Morgen befand sich jedenfalls kein eingeweichtes Brot mehr in Mutters Milchschüssel, obgleich Don Orlando im ersten Augenblick so tat, als wisse nur er, was für Mutter gut sei. Dies konnte und wollte ich ihm natürlich auch nicht absprechen.

Mutter hatte ihre Milch noch nicht getrunken, ich saß im Morgenmantel, die Zigarette in der einen, die Espressotasse in der anderen Hand, ungewaschen, ungekämmt, noch mit der Müdigkeit kämpfend, da stürmten schon die Kinder ins Zimmer. Mit Indianergetrommel und Federn in den Haaren tanzten sie um den Frühstückstisch herum. Maria-Rosalia folgte mit ihrem Jüngsten auf dem Arm, frisch geschminkt, gutgelaunt, quicklebendig und bereit, Berge zu versetzen. Daß mein Tagesrhythmus anders verlief als ihrer und ich nichts mehr haßte, als so viel Bewegung und Tatendrang um mich herum, noch bevor ich in Ruhe meinen Kaffee getrunken und eine Zigarette geraucht hatte, war kein Thema. Aber ich brauchte morgens eine gewisse Anlaufzeit, bevor ich mich den Anforderungen des Tages gewachsen fühlte. Die leisesten Störungen verschlechterten meine Laune rapide und machten mich nervös und gereizt. Prompt verschüttete ich den Kaffee auf meinem Morgenmantel, verbrannte mir dabei das Bein, sprang schreiend von meinem Platz auf, lief ins Bad, fluchte vor Wut und hätte alles kurz und klein schlagen können. Und das in aller Herrgottsfrühe, die Kirchenuhr hatte gerade acht geschlagen. Ich war nur aufgestanden, weil Don Orlando nebenan mit Pfannen und Töpfen klapperte und weil er meinte, die Milch sei frisch gemolken, ich solle einen Becher davon trinken, damit mein Magen sich reinige von all dem Gift, das ich zu mir nähme, Alkohol, Nikotin... Dabei goß er sich einen Becher von dem selbstgemachten Wein ein, und das zum Frühstück. Aber er kannte es seit Ewigkeiten nicht anders.

Maria-Rosalia setzte sich an den Frühstückstisch, schmierte Brote für ihre Kinder, ihren Jüngsten fütterte sie mit Bananenbrei und aß auch selbst zwischendurch ein paar Bissen.

Es dauerte nicht lange, da erschien auch ihr Göttergatte. Welche Glückseligkeit für den, der die Kostbarkeit familiärer Bindungen richtig zu schätzen weiß. Ich wäre jedoch weitaus glücklicher gewesen, wenn man mich wenigstens in den frühen Morgenstunden in Ruhe gelassen hätte, bei aller Liebe, bei aller Sehnsucht. Der Schwager hatte sich die Woche, in der ich hier war, extra frei genommen, um für mich da zu sein. Wenn ich nur ihn allein auszuhalten gehabt hätte, hätte ich mich freuen können, hätte ihn ausgebucht mit einem ausführlichen Programm von Sehenswürdigkeiten, Einkaufsbummeln und Besuchen bei Freunden. Doch wann immer ich laut überlegte, wohin ich gern fahren würde, meldeten sich sofort begeistert die drei Kinder und die verehrte Gattin, daß sie dieses und jenes schon immer mal sehen wollten. Bei jedem neuen Vorschlag bangte ich, daß die Kinder in Freudengeheul ausbrechen könnten, noch ehe ich den Satz zu Ende gesprochen hatte. Selbst wenn ich den Wunsch gehabt hätte, in die Wüste zu gehen, wären sie mir vermutlich mit Freuden gefolgt. Mir fiel keine List und Tücke mehr ein, um sie unauffällig abzuwimmeln, ich war mit meinem Latein am Ende.

In der Enge der elterlichen vier Wände mit ihren neun Personen konnte und wollte ich mich aber dennoch nicht ständig aufhalten. Zum Glück hatte ich meine Freundin Sarah mitgebracht. Diese war der Landessprache nicht mächtig und außerdem soeben erst nach einer Darmoperation aus dem Krankenhaus entlassen worden. Die Narben waren noch nicht verheilt. Noch war sie eine wandelnde Apotheke, alles und jedes, was sie zu sich nahm, verursachte ihr Blähungen. Die neun Personen in diesen Mauern, das Geschrei der Kinder, Don Orlando mit seinem aufdringlichen „mangia, mangia" und die Hitze dazu waren für sie eine Zumutung. Noch in Deutschland hatten wir uns vorgenommen, zusammen unendlich lange Spaziergänge am Fuße des Ätna zu machen, die Sonnenuntergänge zu genießen, abends gemütlich im Schein des Mondes ein Glas Wein zu trinken, mich über vieles mit ihr zu unterhalten, lange zu schlafen, in Ruhe zu frühstücken, viel in der freien Natur zu sein, in den Feldern Früchte zu pflücken und aus den Bergbrunnen zu trinken. Abends wollten wir uns fein machen und zum Essen ausgehen, vielleicht würden uns ja sogar zwei „Filets" über den Weg laufen. Ich hatte all die schönen Dinge, zu denen ich in Deutschland keine Zeit hatte, auf den Urlaub verschoben, auch die „Filets", hatte mir Kleider gekauft, eins verführerischer als das andere, hatte Bücher mitgenommen, sogar die Memoiren des Casanova, ein Schinken von tausend Seiten. Außerdem hatte ich noch ein Buch einer anderen Freundin mit, die sich für eine große Schriftstellerin hält. Anstandshalber mußte ich wenigstens eins ihrer Bücher lesen, damit ich nicht dumm dastand, wenn sie mich das nächste Mal fragte, wie ich dies oder jenes in ihrem Buch fände.

Aus der Traum. Es war nichts zu machen, besser flüchtete ich ins Bad, da hatte ich wenigstens meine Ruhe. Ich schloß die Tür von innen, was in unserem Hause unüblich war - selbst nachts, auch wenn man fortging, blieben hier die Türen unverschlossen. Um mich in Ruhe zurechtzumachen, hatte ich alle meine Utensilien und meine Garderobe mit mir ins Bad genommen. Als ich gerade nackt vor dem Spiegel stand und mich darin kritisch betrachtete, brach im Nebenzimmer ein mittleres Erdbeben aus, begleitet von mehreren Schreien, so daß ich, im wahrsten Sinne des Wortes, erschrocken vom Hocker kippte. (Der Spiegel hängt zu hoch für mich, so daß ich auf einen Hocker steigen muß, um mich darin sehen zu können.) Die gesamte Familie stand vor der Badezimmertür und klopfte aufgeregt an die Milchglasscheibe. Ich wickelte mir schnell ein Badetuch um und schloß auf.

Maria-Rosalia hielt ihre Tochter auf dem Arm, ihr Zeigefinger steckte in Concettas Hals. Sie bemühte sich redlich, sie zum Erbrechen zu bringen: „Mia cara, nun spuck doch aus! Tu es mir zuliebe, nun kotz doch." Nichts geschah.

Concetta hatte irgend etwas verschluckt, man wußte nicht, was. Während ich im Bad und Maria-Rosalia in ein intensives Gespräch mit Mutter verwickelt war, hatten die Kinder im Gästezimmer in unseren Koffern gewühlt, die Schuhe und Kleider anprobiert und den Schmuck. Schmuck? Ogottogott! Mir schoß das Blut in den Kopf. Mit einem Satz war ich im Schlafzimmer. Meine Ringe, meine kostbarsten Erinnerungsstücke, hatte ich überall verteilt: in der Kulturtasche, im Schmuckkästchen, in meiner Handtasche, andere trug ich Tag und Nacht an den Fingern. Der, der war da und das Geschenk von Alex auch, der von Chris, der, den ich mir selber hatte machen lassen - Gott sei Dank - und dann der, den mein Mann mir zur Hochzeit geschenkt hatte, und der, den ich zur Geburt meines ersten Kindes bekam, der, den ich zu meinem Geburtstag - zum wievielten? - ach, ich weiß nicht, Hauptsache er war auch da! Aber wußte ich eigentlich genau, welche Stücke ich überhaupt mitgenommen hatte? Schmuck, der hier in Sizilien von meiner Nichte verschluckt wurde, würde mir keine Versicherung je ersetzen. Sollten wir jetzt unsere Tage damit verbringen, auf Concettas Stuhlgang zu achten, die wertvollste Scheiße der Welt? Ich schlug vor, sie ins Krankenhaus zu bringen und röntgen zu lassen, doch da stürzte Vito herein, ein rosarotes Ding in der Hand. „Genauso eins hat Concetta verschluckt." Sie hatten es für ein Bonbon gehalten.

Es waren Sarahs Ohropax. Vito war ganz sicher. Ich atmete erleichtert auf. Doch nun machte sich Maria-Rosalia Sorgen, ob diese Wattewachskugeln nicht doch gefährlich waren. Da platzte mir der Kragen: „Wenn es einer meiner kostbaren Ringe gewesen wäre, hättest du dir keine Sorgen gemacht! Stell dich bloß nicht so an! Außerdem ist es allein deine Schuld. Paß auf deine Knirpse eben besser auf. Was suchen sie überhaupt in fremden Koffern? Bei mir bin ich´s ja gewöhnt, aber bei Sarah? Das ist doch... das hätten sich meine Kinder mal erlauben sollen..."

Inzwischen waren wir alle im Gästezimmer angekommen. Mein Gepäck lag verstreut im Zimmer. Überall etwas. Während ich meine Kleider einsammelte und in den Koffer legte, entdeckte Maria-Rosalia eine erdbeerfarbene Seidenbluse unter meinen Sachen, fischte sie heraus, hielt sie an ihren Oberkörper, posierte damit vor dem Spiegel, drapierte die Haare nach hinten, drehte sich nach rechts und links. „Bella, bella!" Ich schenkte ihr die Bluse. Danach fand sie meinen schwarzen, seidenen Blazer, zog ihn gleich über und fing wieder mit ihrem „bella, bella" an. Ich nahm ihr sanft aber bestimmt das Teil aus der Hand und sagte: „Den kriegst du leider nicht!"

Die Kinder maulten. Sie standen mit erwartungsvollen Augen um uns herum und trauten sich wohl nicht zu fragen, was ich für sie mitgebracht hatte. Resigniert gab ich jedem sein Geschenk.

Inzwischen war es Mittag geworden. Mutter hatte den Tisch wieder für neun Personen gedeckt. Don Orlando hantierte noch in der Küche. Gleich mußten wir essen, schon wieder! Aber irgendwie freute ich mich auch darauf, trotz allem. Es war schließlich nicht leicht, sich all den Leckereien zu entziehen. Außerdem wußte ich, welchen Gefallen ich Mutter und Don Orlando tat, wenn ich Appetit zeigte. Noch war das Essen nicht zu einer Qual, zu einem Foltermittel geworden.

Vor meiner Reise in die Heimat hatte mich Gianni, mein geschiedener Mann, angerufen. Ich sollte ihm einige Sorten Marmelade und einige Flaschen Cognac seiner Lieblingsmarke mitbringen. Sie hätten zwar alles Erdenkliche an Alkohol, aber ein guter Tropfen Cognac sei eine wahre Rarität und die Marmeladen... diese Sizilianer machten eben alles zu süß, ungenießbar.

Über all diesen Nebensächlichkeiten vergaß er nicht, mir aufzutragen, ich solle auch das Scheidungsurteil mitbringen. Er wollte die Scheidung schnell über die Bühne bringen. Mir war es recht. Wieder heiraten wollte ich im Augenblick zwar nicht, aber eine halbe Sache wollte ich auch nicht. In Deutschland hatte uns der Herrgott in Gestalt des Standesamts bereits vor sieben Jahren geschieden. Das sollte er nun gefälligst auch in Sizilien tun. Ich hatte wunschgemäß seine Einkäufe besorgt und das Scheidungsurteil des deutschen Richters, übersetzt und beglaubigt, zusammen mit dem Flugticket eingepackt.

Jetzt saßen wir friedlich um den Mittagstisch herum, jeder gab seinen Kommentar über die Gefährlichkeit oder Ungefährlichkeit der verschluckten Ohropaxkügelchen ab und spekulierte, was noch passieren würde, könnte, müßte, als es draußen plötzlich unaufhörlich hupte. Das konnte nur Gianni sein. Typisch. Er rief nie an, er klingelte nicht an der Tür. Er stand einfach mitten auf der Straße und hupte! Ich war noch immer im Morgenmantel, meine Haare zerzaust. Trotzdem entschloß ich mich, zum Balkon zu gehen. Mutter legte leise den Löffel auf den Tisch, faltete ihre Hände, starrte mich an, als wollte sie fragen, ob dies unbedingt sein müsse. Aber sie sagte nichts, wartete nur auf eine Reaktion von mir. Ungehalten, meine eigene Aufregung beschwichtigend, zündete ich mir eine Zigarette an und rannte zum Balkon. Ein Bild wie bei Shakespeare? Wohl kaum. Wir waren alles andere als Romeo und Julia.

Mürrisch, als könne mich die ganze Welt gern haben, rief ich hinunter: „Was ist? Was hupst du? Bist du verrückt? Rufst du etwa deine Ziegen, oder was? Kannst du dich nicht einmal wie ein anständiger Mensch benehmen? Was willst du?"

„Komm doch bitte herunter. Ich muß mit dir reden", sagte er.

Er sah gut aus. Mein Herz klopfte, die Stimme in mir umarmte ihn, küßte seine braungebrannte Brust, fuhr durch seine olivschwarzen Locken... Schlank, fast jugendlich wirkte er. Seine Kleidung war geschmackvoll und stand ihm gut. Ich hatte schon immer eine Schwäche für gut gekleidete Männer. Dieser Schuft, warum mußte das alles so kommen?

„Ich kann jetzt nicht, siehst du nicht, daß ich noch nicht angezogen bin? Ich bin schließlich im Urlaub, komm später wieder, so gegen sechs." Ich drehte mich rasch um und kehrte an den Eßtisch zurück. Und die innere Stimme? Nein, Gianni, geh nicht fort. Ich bin doch gleich fertig. Gianni, warte doch...

Drinnen in der Wohnung war es auffällig ruhig, selbst die Kinder schienen unserer Konversation zu lauschen. Nach außen hatte ich im Sinn meiner Mutter gehandelt, innerlich aber raste mein Herz. Ich zeigte es nicht.

Sieben Jahre waren vergangen seit dieser Tragödie meines Lebens. Jahre hindurch war mir jedes Mittel recht, meinen Mann zu behalten, meine Ehe, meine Kinder, mein Leben vor dieser Katastrophe zu bewahren. Vergebens! Daraufhin hatte ich ihn vor eine endgültige Entscheidung gestellt und ihm schließlich die Tür gezeigt.

Seit einigen Jahren lebte er mit seiner deutschen Freundin wieder hier, in Sizilien, in seiner Dallas-Villa, umgeben von Mandelbäumen und Radaranlagen. Seine Rückkehr sprach sich im Ort bald herum. Er fand auch schnell wieder Freunde. Seinesgleichen. Seine Geschäfte ließen sich gut an, die Firma expandierte. Er war nun sein eigener Boss und markierte ihn auch. Er machte seine Runde, morgens durch die Cafés, abends durch die Weinstuben. Er trank mit allen auf sein Wohl, spendierte großzügig, spielte den neureichen, gutaussehenden, erfolgreichen, gesunden, glücklichen, stolzen, den sizilianischen Mann.

Don Orlando mied anfangs jede Begegnung mit ihm, mit der Zeit allerdings konnte nicht einmal er sich seinem Bann entziehen. Mutter dagegen blieb für Ewigkeiten verletzt und traurig. Und Gianni parkte seinen Schlitten demonstrativ auf der anderen Straßenseite, unserem Haus gegenüber. Eng umschlungen mit Nora, ihre gemeinsame Tochter an der Hand, schlenderte er mehrmals die Straße auf und ab. Saßen zufällig Mutter und Stiefvater auf dem Balkon, so zogen sie sich ins Haus zurück und machten die Läden dicht. Wenn Mutter ihn zufällig irgendwo traf, wechselte sie die Straßenseite, wandte ihr Gesicht ab und preßte die Hand auf ihr pochendes Herz. Sie mied die Straßen und Plätze, wo er auftauchen könnte. Sie wechselte das Thema, wenn von uns die Rede war. Sie beantwortete keine Fragen, wenn über die Gründe der Scheidung spekuliert wurde, wünschte niemandem Böses, doch ihr seidenes Herz weinte Blut.

Ich wußte, sie gönnte ihm sein Glück nicht, denn es war aufgebaut auf den Trümmern meiner Trauer. Ich versuchte, zwischen allen das Gleichgewicht zu halten, meinen Schmerz zu unterdrücken, so zu tun, als sei ich über alles erhaben, als würden mich sein Glück und sein Reichtum nicht weiter berühren. Nach außen hin sah es aus, als sei ich nicht nur mit der Vergangenheit fertig, sondern heilfroh, daß alles so gekommen war, daß ich zum Glück gemerkt hatte, daß dieser Mann meiner nicht würdig war. Ich hatte auf der Asche etwas Neues aufgebaut, mich durch nichts erschüttern und vernichten lassen. Mein Geschäft blühte, mein Haus schenkte mir Geborgenheit, meine Kinder hielten zu mir. Man konnte weiß Gott nicht behaupten, daß es mir schlechter ging als ihm. Ich hatte es geschafft, das konnten sie doch mit eigenen Augen sehen. Ich beteuerte, ich machte ihnen nichts vor. Ich sei froh und glücklich, jeden Tag fühlte ich mich jünger, schöner, lebenslustiger. Aber in meinem Herzen sah es anders aus.

Maria-Rosalia hatte ihren Jüngsten neben mir schlafen gelegt. Wenn das Kind schlief, waren wundersamerweise alle still. Ich nützte die Pause, um mich etwas zu beruhigen. Ich malte mir aus, wie ich mich verhalten würde, wenn Gianni mich am frühen Abend abholen kam. Sarah kannte die ganze Geschichte. Sie sagte nichts, stellte keine Fragen, nahm sich ein Buch, stöpselte sich Ohropax in die Ohren und fühlte sich ein in meine momentane Stimmung, das wußte ich. Unsere Erfahrungen ähnelten sich zu sehr, als daß sie teilnahmslos hätte sein können, war sie doch selbst ein hundertmal gebranntes Kind. Aber jetzt, hier, war ich, bin ich, ich.

Es war im Jahr 1669, an einem Sonntag im März. Die Messe war zu Ende. Die Gläubigen erhoben sich, um sich langsam und besonnen auf den Heimweg zu begeben. Als die ersten den Kircheneingang erreichten, blieben sie wie angewurzelt stehen. Blankes Entsetzen über das, was sie sahen, stand ihnen ins Gesicht geschrieben. Im Nu brach ein gewaltiger Wirbelsturm los. Es war, als würde jeden Augenblick die gesamte Region mit all ihren Einwohnern, Kirchen und Klöstern, Häfen und Palästen in die Luft fliegen. Die Menschen in der Umgebung waren zwar vertraut mit den Ausbrüchen des Ätna, doch diesmal schien alles anders. Verängstigt und erschüttert, stürmten sie in die Kirchen, Schutz suchend vor den unberechenbaren Entfesselungen des Vulkans. Gleichzeitig begann die Erde durch die ungeheuerliche unterirdische Explosion zu beben. Die Rathäuser, die Kirchen und Klöster füllten sich mit vom Schrecken erfaßten, verzweifelten Menschen. Sie beteten, ansonsten waren sie stumm. Was danach kommen würde, wußten sie: Lavaströme, Flammen, Feuer, Flut, Vernichtung, Tod. Das Feuer brodelte aus dem Berg, bildete Flüsse mit schweren Armen. Mit unaufhaltsamer Geschwindigkeit ergoß sich die Lava über Hügel und Täler, Kirchen und Kuppeln. Der glühende Strom verschluckte Dörfer und Menschen. Sechzig Tage lang hielt der Ätna die Menschen in Atem.

Wie ein frischgebackener Fremdenführer zeigte uns Gianni in seinem Auto die Gegend. Er gab sich Mühe, uns mit Informationen über Bel Passo und die Umgebung zu versorgen. Seine Ausführungen waren auch für mich gedacht, denn Gianni war der Meinung, ich hätte ebensowenig Ahnung von meiner Heimat wie Sarah, die zum allerersten Mal hier war. Für ihn war ich unbelesen und ungebildet und hatte zu früh meine Heimat verlassen. Zugegeben, über den Vulkanausbruch 1669 hätte ich nicht so genau und überzeugend berichten können. Doch Giannis Worte klangen, als habe er den Text irgendeiner Reisebroschüre auswendig gelernt.

„Was ihr hier seht, ist der Lavastein. Stabil ist er, nicht wie die Betonburgen in den modernen Städten. In Frankfurt wird einem zwar schwindelig, wenn man die Wolkenkratzer sieht, aber sie sehen aus, als würden sie bei dem nächsten stärkeren Wind wie Kartenhäuschen zusammenkrachen. Deswegen bauen wir auf unserer Insel nie höher als drei, vier Stockwerke. Die Menschen hier um den Ätna herum haben oft und immer wieder von neuem aufbauen müssen. Was nützt es, Häuser zu bauen, die hundert Stockwerke haben? Wenn der Berg wieder einmal verrückt spielt, dann sitzen wir wieder da, dann war alles umsonst." Redegewandt war er schon immer gewesen, mein holder Gatte.

„Hast du keine deutschen Zigaretten mitgebracht, Aurelia?" fragte er. „Du weißt doch, dieses Kraut hier ist ungenießbar." Meine Schachtel lag auf dem Armaturenbrett. Er steckte sich bereits die dritte Zigarette an, winkte diesem und jener zu, rief demonstrativ „ciao cara, ciao bella". Dabei hätte ich schwören können, daß die so Begrüßten Männer waren. „Es ist schön hier, wirklich wunderschön. Hier möchte ich hundert Jahre alt werden. Hier hat man was vom Leben, riechen Sie doch mal die Luft, Signora...", schwärmte er. Er selbst atmete tief ein. „Jetzt trinken wir etwas, okay?" Demonstrativ sportlich-lässig ließ er den Schlüssel stecken und das Autofenster offen, und mit jugendlichem Schwung lief er in ein kühles Café hinein, vor dessen Eingang er geparkt hatte.

Draußen war es bereits vierzig Grad heiß, die Kühle drinnen tat gut. Gianni wurde mit Wangenküssen begrüßt. Er drehte sich zu uns um und brüstete sich vor Sarah: „Hier kennt mich jeder, Signora. Hier hat mich jeder gern, überall habe ich Kredit, wie Sie sehen..."

Wir redeten vom Wetter, von Geschäften und anderen belanglosen Dingen. Man servierte uns eisgekühlten Aprikosenwodka und Kaffee und machte Späße. Keiner fragte Gianni, wen er da bei sich hatte. Es schien, als wüßte hier jeder, wer ich war. Ich dagegen kannte kein einziges Gesicht unter diesen Männern. Vieles hatte sich ohnehin sehr verändert. Wenn ich aus Deutschland hierherkam, kam ich mir jedesmal von neuem wie eine Halbfremde vor, außerhalb des täglichen Geschehens.

Der Café-Bar gegenüber befand sich die Anwaltskanzlei, in die wir uns nach der ersten Runde Aprikosenwodka begaben. „Dauert nicht lang, Signora, dauert nicht lang...“, versicherte er Sarah, die im Auto sitzen blieb.

Der Anwalt hielt unsere Akte zum Unterschreiben bereit. Doch Gianni verwickelte ihn in ein längeres Gespräch über Gott und die Welt, über Wetter und Geschäfte. Die arme Sarah mußte sich im Auto, das mittlerweile zu einem Glutofen geworden war, in Geduld üben. Als wir die Kanzlei verließen, spuckte ich Feuer. Ich schimpfte auf Giannis Unzuverlässigkeit.

„Wann wirst du je erwachsen? Uns hier in dieser Affenhitze schmoren zu lassen! Gestern Abend wolltest du kommen. Wieso hast du nicht einmal angerufen, wenn du keine Zeit hattest? Ich habe Besseres zu tun, als eine Ewigkeit auf dich zu warten. Ich hätte mir einen schönen Abend machen können, statt dessen habe ich herumgesessen und ferngesehen. Bei jedem Auto, das auf der Straße anhielt, bin ich auf den Balkon gerannt. Hab ich ein Glück, daß ich dich nicht mehr am Hals habe!“

„Reg dich ab, Aurelia. Mir ist gestern abend etwas dazwischen gekommen. Aber versprochen habe ich dir nichts. Du hast mich ja gar nicht erst gefragt, ob ich kann oder nicht. Im übrigen kann man dir sowieso nichts recht machen. Das war schon immer so, du hast dich kein bißchen verändert. Jetzt fahren wir hinunter ins Tal. Da links ist mein Haus..." Er wurde langsamer. Wir näherten uns einem traumhaft schönen Haus, von Kakteen umgeben, auf deren Spitzen bunte Früchte reiften. Palmen und Mandelbäume wuchsen davor, es lag halb auf dem Hügel, das Wasser aus dem Swimmingpool spiegelte die Sonnenstrahlen wider, auf der Terrasse standen Hawaii-Schaukelstühle und ein Tisch. Kinderspielzeug und -schuhe lagen herum, an der Leine hingen Tangabikinis, eine Badehose und Handtücher. Welch vollkommene Idylle!

Hier also verbrachte der Pascha seine Tage. Hier lebte er mit einer anderen Frau, hier war er der Vater eines fremden Kindes. Plötzlich wurde mir bewußt, daß er, bei laufendem Motor, am Straßenrand angehalten hatte. Als er den ersten Gang einlegte und Gas gab, hupte er dreimal. Ich schreckte auf. Was fiel ihm ein? War es nicht genug, uns überhaupt hierher zu bringen? Was würde Nora sagen, wenn sie uns im Auto sah? Ich preßte die Lippen zusammen. Die Fensterläden waren geschlossen, sie konnte uns also nicht gesehen haben. Sicher wußte sie, daß ich im Lande war. So etwas spricht sich schnell herum in so einem kleinen Kaff, und selbst mit ihrem miserablen Italienisch mußte sie das mitbekommen haben.

„Die Signora Tedesca geht nie aus dem Haus, nie allein", sagten die Leute. Manche mieden ihre Bekanntschaft. Vielleicht wollten sie mir damit ihre Treue beweisen. Aber im Augenblick war mir vollkommen schnuppe, wer wen gern hatte und überhaupt... Ich war doch eine dumme Ziege, warum ließ ich mir das alles gefallen? Welch eine Demütigung! Warum war es mir noch immer nicht egal, was er trieb? Wieso eigentlich hatte ich ihm am Abend davor nicht laut und deutlich gesagt, daß ich nicht gekommen war, um ihn zu sehen? Warum habe ich ihm sein Gesöff und die Marmeladen nicht einfach in die Hand gedrückt und Lebewohl gesagt?

Der Termin beim Anwalt wäre in fünf Minuten erledigt gewesen. Nun war es zu spät, aber mir war klar, daß ich nicht ganz unschuldig war. Warum konnte ich ihm nicht einfach die kalte Schulter zeigen? Das nächste Mal, so nahm ich mir vor, würde er mich nicht mehr zu sehen bekommen.

Das nächste Mal, das nächste Mal... das hatte ich schon einmal gesagt: zwei Jahre zuvor, als Mutter im Krankenhaus lag. In der Klinik auf dem Flur traf ich ihn damals, seine Tedesca im Arm, wie frisch Verliebte liefen sie an mir vorbei. Nicht einmal gegrüßt hat er mich. Nora hat mich bestimmt erkannt. Die Kleine hätte auch meine Tochter sein können. „Papa!" rief sie, „Papa, das ist doch Signora Aurelia!"

„Komm her, Kind!" rief er. „Paß auf, daß du nicht hinfällst!" Natürlich wußte er, daß meine Mutter krank und ich da war. Aber er hat mich einfach ignoriert. Auch in den folgenden Tagen hat er sich nicht blicken lassen. Kein Anruf, nichts. Ich schwor mir, daß er mich nicht mehr zu Gesicht bekommen sollte. So wahr ich Aurelia Rossi hieß.

Als er dann eines Tages vergnügter Stimmung in mein Lokal in Deutschland hereingeschneit kam, da war zwar nichts vergessen, aber vergeben hatte ich ihm mal wieder. Keine Spur mehr von Wut und Rache. Sowie wir am Tisch saßen mit meinen Kindern und Enkelkindern, schienen wir wieder eine Familie. Ich war glücklich wie immer, wenn er an meiner Seite war. Ich schaffte es einfach nicht. Ich wollte ja nichts weiter. Was geschehen war, war geschehen. Im Grunde wollte ich ihn nur zum Freund haben, nicht mehr. Schließlich hatten wir zusammen zwei Töchter und unsere Enkelkinder, die vollkommensten Früchte unserer bitteren, gemeinsamen Jahre. Wo stand geschrieben, daß man sich nach der Trennung Feind sein muß?

Als die Sonne unterging, setzte Gianni uns vor der Tür ab. Aus dem Abend würde wohl nichts mehr werden. Ich hatte gehofft, er würde uns zum Essen ausführen, aber er mußte nach Hause. Nora wartete sicher.

„Ich schaue wieder vorbei, vielleicht können wir zusammen nach Taormina fahren."

Wir waren den ganzen Tag unterwegs gewesen. Die Familie platzte fast vor Neugierde. Doch ihr würde ich nichts preisgeben. Müde waren wir und nachdenklich, Hunger? Der Tisch war gedeckt, beladen mit Bergen von Auberginen und Pasta. Auch Sarah war erschöpft. Sie zog sich mit ihrem Buch zurück. Maria-Rosalia und ihre Familie gingen nach Hause. Ich schaute hinter meiner Schwester her, lange.

Maria-Rosalia ist anders geworden. Der Tod bewirkt Veränderungen, die man vorher nicht zu ahnen vermag. Man glaubt, daß die Zeit alle Wunden heilt. Doch das stimmt nur teilweise.

Es war im September. Meine Schwester und ihr Mann besuchten uns in Deutschland. Es war Elettras Taufe. Auch Vito und Patrizia hatten sie mitgebracht. Patrizia war mein Patenkind, und ich liebte sie wie mein eigenes. Sie war ein hübsches Mädchen. In jenem September fiel mir auf, daß sie blaß war und müde wurde, wenn sie Treppen stieg. Überhaupt machte sie einen erschöpften Eindruck. An Weihnachten rief ich an, um ein frohes Fest zu wünschen, und erkundigte mich nach Patrizias Wohlbefinden.

Sie sei krank, berichtete Mutter.

„Was hat sie?"

„Mumps", antwortete sie.

Eine Woche später rief ich wieder an. Das Fieber war nicht gesunken. Wir telefonierten täglich. Später hieß es, in Catania im Krankenhaus habe man festgestellt, daß Patrizia Leukämie habe. Die ganze Familie, vor allem aber Maria-Rosalia war außer sich. Wir erkundigten uns überall nach Spezialkliniken, nach den besten Ärzten, nach zuverlässiger Behandlung und erfuhren schließlich, daß die beste Klinik für Blutkrebs in Paris sei. Doch alle Flüge waren ausgerechnet jetzt ausgebucht. So mußten wir ein Militärflugzeug chartern, um das Kind, am Tropf hängend, zu transportieren. Ich nahm einen Dolmetscher mit und fuhr selbst nach Paris.

Patrizias Kopf lag auf einem weißen Kissen, ihre schwarzen, langen Haare fielen ihr aus. Sie wünschte, daß wir sie einsammelten und zusammenlegten. Die Ärzte sagten, daß das Kind nur noch wenige Tage zu leben habe. Wir mußten es Maria-Rosalia schonend beibringen. Sie hat nichts mehr verstanden, hat nur noch geweint. Ich hatte Blut gespendet. Als Patrizias Blut ausgetauscht wurde, fiel der Dolmetscher in Ohnmacht.

„Glaubst du, daß ich mit so vielen Schläuchen wieder gesund werden kann?" Schweren Herzens log ich. Ihre Lungenentzündung sei schon viel besser geworden. Natürlich würde sie bald wieder gesund werden. Warum wir sie nach Paris gebracht hatten, wollte sie wissen. Ich hielt ihr Vorträge über die schlechte Gesundheitsversorgung in Italien. Sie glaubte mir.

Noch eine Woche vor ihrem Tod war sie aufgestanden, schien wieder bei Kräften, Leben strömte in ihren kranken Körper, sie hatte großen Appetit. Das berichtete Maria-Rosalia am Telefon. Die letzten drei Tage lag das Kind im Koma.

Hätten wir Patrizias Leichnam auf legalem Wege überführen wollen, hätten wir mindestens zehn Tage warten müssen, bis die Bürokraten die nötige Genehmigung erteilt hätten. Zum Glück hatten die Ärzte ein Einsehen. Sie gaben uns einen Krankenwagen und zwei Schwestern. Das Kind wurde, am Tropf hängend, mit Blaulicht überführt, als schliefe es nur. Mein Schwager bestand darauf, sein totes Kind eigenhändig zu überführen, und setzte sich ans Steuer.

Maria-Rosalia bekam Beruhigungsmittel, damit sie still blieb.

Ich flog nach Sizilien. Der Wagen war noch nicht eingetroffen. Das Haus meiner Mutter war voll trauernder Menschen. Alle Vorbereitungen waren bereits von Patrizias Schulkameraden getroffen worden. Der Pfarrer, der sie getauft und ihr ein Jahr zuvor die Erste Kommunion gespendet hatte, predigte über den Schmerz der Eltern und versuchte, uns damit zu trösten, daß wir unsere Schwester als Engel in den Himmel sandten. Die Kirche war brechend voll. Weinende Menschen. Beileidswünsche. Blumen auf dem ganzen Weg von unserem Haus bis zum Friedhof.

Am Tag vor der Beerdigung war ich ganz allein mit ihr. Ich habe mit ihr gesprochen. Ihr Gesicht hatte nicht mehr die Totenstarre. Sanft habe ich ihr einzeln die Schläuche weggenommen. Sie trug ihr Kommunionskleid mit den weißen Handschuhen und ihren Blütenkranz, den sie im Vorjahr noch selbst ausgesucht hatte. So habe ich sie wie eine Braut auf die Bahre gelegt. Ein letztes Mal sah ich sie, fühlte ihre Stirn, sie war warm, ruhig. Als sie den Sarg zunagelten, schrie Vito, Gott sei ein Schwein.

Maria-Rosalia träumte immer wieder von ihr. Sie war schwanger. Patrizia kündigte ihr im Traum die Geburt einer Schwester an. Concetta sieht ihr sehr ähnlich, in ihr lebt Patrizia weiter. Maria-Rosalia wirkt sehr fröhlich, doch in ihrem Inneren sieht es düster aus. Mutter sagt, wenn sie alleine ist, weint sie. Patrizias Zimmer lebt. Alles lebt an seinem alten Platz. Wenn Concetta Patrizias Kleider anprobieren, mit ihrem Spielzeug spielen will, verbietet Maria-Rosalia es. Concetta widerspricht und sagt: „Ich frage sie selbst." Dann steht sie vor Patrizias Bild und spricht mit ihr.

Maria-Rosalia wirkt oberflächlich. Mir scheint, sie verdrängt und überspielt ihren Schmerz mit schönen Dingen, lenkt sich ab mit Autos, Pelzmänteln, Möbeln, Schmuck. Auch Patrizia war eitel auf ihr Äußeres bedacht. Doch sie war tapfer, hat nie geklagt. Das steht neben ihrem Bild auf ihrem Grab. Warum mußte ausgerechnet Patrizia dran glauben? Sie war mir die Liebste von allen, mein Engel. Vito dagegen wurde alles geschenkt. Diesen Unterschied habe ich damals nicht ertragen.

Maria-Rosalia ist anders geworden. Ich liebe sie. Aber ich bin eifersüchtig. Sie hatte es immer einfacher im Leben als ich. Mutter behauptet, ich sei für sie stets allgegenwärtig, in Gedanken sei sie immer bei mir. Aber nun bin ich nur ein paar Tage hier, trotzdem ruft sie ständig bei Maria-Rosalia an: „Wann kommst du, wann kommt ihr endlich?" Dann steht sie auf dem Balkon und wartet.

Am Abend saß ich mit Mutter und Don Orlando zusammen, erzählte von meinem Tag und landete schließlich bei meiner Kindheit. Wir erzählten, erinnerten uns an die Lieder, die Mama und ich beim Mandelknacken oder beim Einwickeln von Bonbons gesungen hatten. Mir war nicht zum Weinen zumute. Ich wollte einfach nur dasitzen, in dem Gefühl, daß alles Schreckliche vorbei war.

„Hat er dich geküßt?" fragte Mutter plötzlich mit neugierigen Augen.

„Wer soll mich geküßt haben?" erwiderte ich irritiert.

„Na, dein Mann."

Das war es also, was sie den ganzen Tag beschäftigt hatte. Den ganzen Abend hatte sie offenbar schon mehrere Anläufe gemacht, um eben diese Frage beantwortet zu bekommen. Sie fürchtete wohl meinen Zorn und traute sich zunächst nicht, aber dann konnte sie sich nicht mehr zurückhalten.

„Laß dich nicht küssen von ihm!" sagte sie. „Er prahlt mit dir nur. Morgen schon geht er von einem Café zum anderen, und übermorgen weiß es der ganze Ort. Die Leute hier, mußt du wissen, warten nur darauf. Ich will es dir nur gesagt haben."

Ich mußte mehrmals tief durchatmen, um nicht von meinem Platz aufzuspringen und zu toben. So war das also! Er prahlte! Ich Närrin, ich unverbesserliche Närrin. Wann würde ich wohl je lernen, wer Freund, wer Feind war? Ich stand auf, lief um den runden Eßtisch herum, flüsterte mit mir selbst, schlug die Hand wie eine Fliegenklatsche ununterbrochen gegen die Stirn. Du Idiotin, geschieht dir recht. Du bist selbst schuld, dir ist nicht mehr zu helfen. Was muß denn noch geschehen, damit du endlich kapierst, wie der Hase läuft?

Hastig setzte ich mich wieder an meinen Platz, rückte den Stuhl näher zum Tisch, legte die Handflächen gegeneinander und stellte Mutter Fragen über Fragen, wie ein Richter. Ich wollte genau wissen, was man über mich redete. Seit wann? Wer verbreitete diese Dinge weiter? Genauer. Namen, Daten... Hatte sie es persönlich gehört, wann und wo?

Mutters Stimme zitterte, sie wurde verlegen, litt sichtlich unter meinem Verhör, suchte nach Ausflüchten, bat um Entschuldigung, meinte, sie habe mich nicht verärgern wollen.

„Ach, mein Kind, ich hab ihn nie gewollt, schon damals, weißt du noch, weißt du noch? Aurelia, erinnerst du dich, damals..."

„Aurelia, ach Aurelia, sei doch so lieb und komm für einen Moment herunter, Kind. Meine Arme lassen mich im Stich, Aurelia..."

Das war die Stimme von Signora Erminia, die mich jetzt fast jeden Morgen zu sich rief, wenn ihre Arme ermüdeten. Hatte sie Wäsche gewaschen und aufgehängt, wollte sie den Teig für die Pasta kneten oder mußten die Fenster geputzt werden, rief sie nach mir und war stets froh, wenn ich kam.

„Ach, mein Kind, vier Söhne zu haben ist ja schön und gut, aber eine Tochter ist Gold wert. Die Jungs bringen zwar das Brot, machen aber viel Arbeit. Du, meine Kleine, deine Hände und du, ihr seid meine Rettung."

Wir gingen reihum in die Schlafzimmer und machten zuerst die Betten. Die über Nacht zerdrückte Wolle in den Matratzen mußte jeden Morgen von neuem aufgelockert und geglättet, die Decken ordentlich zusammengelegt, die Kissen an die Kopflehnen gestellt werden. Frisch wie ein Brautbett mußten die Betten aussehen, jeden Morgen neu.

„Ach, wärst du nur meine Tochter", sagte sie immer wieder und gab mir eine andere Arbeit. Einige Aufgaben erledigte ich besonders gut. Dazu gehörte auch das Bügeln, und meistens stapelten sich Berge von Hemden, zum Bügeln bereit. Während ich bügelte, kochte Signora Erminia das Mittagessen. Wohlhabend war die Familie eigentlich nicht, aber es kam immer gutes Essen auf den Tisch. Ich war gern in ihrem Haus. Ich war nützlich, meine Arbeit wurde gelobt, und alle mochten mich.

Gegen Mittag rief mich meine Mutter dann vom Balkon aus nach Hause. Aber so sehr ich auch meine Mutter, unsere vier Wände und „unser Elend" liebte, die mir wie meine zweite Haut vertraut waren, ich wäre in jenen Augenblicken lieber noch etwas länger bei Signora Erminia geblieben.

Eines Tages, ich war sechzehn Jahre alt, holte mich Signora Erminia in die Küche und bat mich, Platz zu nehmen. Etwas verlegen und sichtlich bemüht, mich nicht zu kränken, sprach sie mit mir: „Du weißt, mein Kind, wie gern ich dich habe. Du bist tüchtig, schweigsam, kannst alles. Versteh mich richtig, ich wünsche mir dich zur Schwiegertochter. Was meinst du dazu? Du mußt mir jetzt keine Antwort geben. Laß es dir durch den Kopf gehen."

Was war da zu überlegen? Ich war ganz und gar nicht erstaunt. Nicht, daß ich es erwartet hätte, aber wenn die Dinge nun schon einmal so standen...

„Hm, Signora Erminia, du willst mir deinen Sohn geben, sagst du. Welchen denn?" Ich staunte nicht einmal über meine Reaktion. So war das Leben nun einmal. Erleichtert stand Signora Erminia auf und holte uns zwei Tassen und die Espressokanne. „Natürlich den Gianni", antwortete sie, und ich widersprach ihr nicht. Die Wahl ihrerseits war gefallen. Ich hätte keine bessere treffen können: Fortunato, ihr Ältester, war zu alt für mich und Alvaro, der zweite, war nach Kanada ausgewandert, und Vincenzo war gerade erst fünfzehn geworden. Also Gianni. Er war schon immer die herausragendste Persönlichkeit unter den Brüdern - so kam es mir jedenfalls plötzlich vor - doch da war noch ein Haken. Bevor ich nach Hause ging, wollte ich mich zumindest vergewissern, ob Gianni mich überhaupt wollte. Die Signora hatte zwar ihre Wahl getroffen, aber woher sollte ich wissen, daß diese Wahl auch dem Wunsch Giannis entsprach? Wieso fragte er mich nicht selbst? Von ihm war bisher noch kein Signal gekommen. Oder ich hätte blind gewesen sein müssen.

Die Strategie der Signora war keineswegs üblich. Im Gegenteil: Die jungen Männer gingen schon damals selbst auf die Suche, auf der Piazza, in den Straßen der Stadt. Sie machten sich zurecht und stolzierten auf und ab wie die Gockel, schauten sich um, warfen mal auf diese, mal auf jene ein Auge... Außerdem gab es noch die Kupplerinnen, die dafür bezahlt wurden, daß sie zwischen zukünftigen Brautleuten vermittelten. Beauftragt wurden sie vom zukünftigen Bräutigam. Sie teilten den Eltern des Mädchens das Interesse des jungen Mannes mit, diese erkundigten sich, und wenn es dann hieß: „Ja, ja, in der Tat, guter Mann, guter Arbeiter", durfte er sich vorstellen. Erst danach wurde das Mädchen selbst gefragt. War sie einverstanden, statteten die Eltern des jungen Mannes den offiziellen Besuch in der Brautfamilie ab.

Gianni - mein Gott, wie würde ich dastehen, wenn ich ja sagte und er wußte von nichts? Oder, noch schlimmer, wenn er mich gar nicht haben wollte und sich womöglich nach einer anderen umsah? Er hatte mir bisher noch kein Zeichen gegeben, nicht das geringste, keinen Blick, keine Bemerkung, keinen heimlichen Kuß. Vielleicht hatten sie sich über mich unterhalten, und er hatte geschwiegen. Würde das nicht dasselbe bedeuten wie ein Nein?

„Ich weiß, was dir jetzt im Kopf herumgeht, Aurelia. Sei ganz ruhig, mein Kind. Ich hielt es für richtig, erst dich anzusprechen, damit du weißt, daß ich dich haben will. Mit Gianni spreche ich." Diese Mütter. Auf geheimnisvolle Weise beherrschten sie ihre Söhne, weit mehr als die Töchter.

Mittlerweile rief Mutter mich zum wer-weiß-wievielten Mal vom Balkon aus nach Hause. Ich band in Eile meine Schürze ab. Noch hatte ich keine eindeutige Antwort gegeben, doch mit dem Angebot im Herzen ging ich hoffnungsvoll heim und baute Luftschlösser. Bereits am nächsten Tag würde ich das Haus von Signora Erminia als ihre zukünftige Schwiegertochter betreten. Meine Entscheidung war gefallen. Jetzt war ich Feuer und Flamme. Bereits zwei Stunden später ging ich unter irgendeinem Vorwand zurück zu der Signora. In diesen zwei Stunden fühlte ich, daß ich Gianni gern hatte. Wenn das immer schon so war, fragte ich mich, warum habe ich ihm dann nicht von mir aus ein Zeichen gegeben?

Gianni war gelernter Maurer. Als er am nächsten Mittag nach Hause kam, deckte ich gerade den Tisch. Die Signora war in der Küche. Plötzlich legte Gianni seinen Arm um meine Schultern. Ich fing an zu zittern, ein völlig neues Gefühl durchströmte mich so wie...

Eine Männerhand, die erste Männerhand auf meiner Haut. Auf einmal wollte er mich küssen. Ich wurde rot, zitterte, klapperte mit den Tellern. Ich stellte sie hastig auf den Tisch und rannte nach Hause, so schnell mich meine Beine trugen. Alles in mir bebte. Am nächsten Tag rief mich die Signora wieder. Wir verrichteten unsere Arbeit wie gewöhnlich. Zwischendurch nahm sie meine Hand und versicherte: „Es wird alles gut, meine Aurelia. Hab keine Angst." So wußte ich ohne viele Worte, daß unsere Verlobung heimlich besiegelt war.

Eines Tages machte die Signora Besorgungen, und ich war mit Gianni allein im Haus. Ich war damals ziemlich naiv und fand nichts dabei. Da nahm er mich plötzlich, warf mich aufs Bett und beugte sich über mich. Ich sprang auf und lief weg. „Das lasse ich nicht mit mir machen!" keuchte ich. Ich war entsetzt und zu verstört, um ihn noch am gleichen Tag zur Rede zu stellen. Aber als ich ihn am nächsten Tag darauf ansprach, sagte er: „Wenn ich jetzt zu deiner Mutter gehe und ihr erzähle, daß ich dich heiraten will, was glaubst du, wird dein Stiefvater mir antworten? Er kassiert doch das Geld, das dein Vater für dich aus Deutschland schickt. Nie und nimmer wird er in die Heirat einwilligen. Aber wenn wir fliehen, und es ist zwischen uns geschehen, dann bleibt ihnen nichts anderes übrig, als sich geschlagen zu geben."

Mir fiel es wie Schuppen von den Augen, und ich gab ihm mein Versprechen, mit ihm zu fliehen.

Signora Erminia organisierte die Flucht nach Ragusa, wo ihre Schwester wohnte. Aber wir brauchten Geld. Wir beschlossen, noch einen Monat zu warten, bis die nächste Überweisung von meinem Vater aus Deutschland eintreffen sollte. Ich mußte irgendwie dafür sorgen, daß das Geld diesmal nicht in den Händen meines Stiefvaters landete. Ich mußte den Briefträger erwischen, ihn für mich gewinnen, überzeugen, anflehen, an sein gutes Herz appellieren...

Mit pochendem Herzen und Adleraugen hielt ich täglich vom Balkon oder von der Haustür aus Ausschau nach dem Briefträger.

„Aurelia! Wo steckt dieses Gör denn bloß wieder? Zum Teufel! Ruf sie doch mal. Aurelia!! Ich hab´s dir doch immer schon gesagt. Weib, wirf ein Auge auf sie. Irgendetwas stimmt mit ihr nicht. Hast ja keine Augen im Kopf, ich hab doch schon immer gewußt, der Apfel fällt nicht weit vom Stamm. Aurelia! Porca Madonna!"

Der Postbote! Ich hatte ihn gesehen. Jesus, was sollte ich tun? Ich mußte mich an der Mauer entlang schleichen. Sollten sich die Alten doch gegenseitig die Augen auskratzen! Einen Tag noch, wenn´s hoch kommt zwei, dann war ich über alle Berge.

„Das Geld gehört mir, Signore Luigi. Ich schwöre Ihnen, mein Vater schickt es mir. Es ist meins. Aber was habe ich davon? Glauben Sie, daß ich eine einzige Lira davon zu sehen kriege? Mutter sagt Don Orlando immer, er soll wenigstens ein paar Lire für meine Aussteuer zurücklegen. Weib, halt deinen Schnabel, sagt er dann immer. Ich aber habe nichts anzuziehen und keine Aussteuer. Deshalb bitte ich Sie als Freund, mir dieses eine Mal das Geld zu geben. Heute noch werde ich meinem Vater schreiben, und er wird mir schriftlich geben, daß er einverstanden ist. Ich werde ihm berichten, was mit dem Geld geschieht, das er einzig und allein für seine Tochter schickt. Sie werden sehen, Signore Luigi... so geben Sie es mir doch! Außerdem müssen Sie wissen, bin ich schon sechzehn."

„Ja, wenn du meinst, Mädchen, dann unterschreibe hier."

Ich hätte ihn küssen können.

Als ich das Geld auf Heller und Pfennig bei der Schwiegermutter ablieferte, stellten wir fest, daß es nicht genug war für unser Abenteuer. Wir mußten auch die nächste Überweisung noch abwarten! Wieder zählte ich die Tage. Eine ewige Wüste des Wartens. Wenige Tage, bevor die nächste Überweisung eintreffen mußte, brachte ich nach und nach meine Kleider zu den Schwiegereltern, teils zerknüllt zwischen Zeitungspapier, teils übereinander angezogen. Schwiegermutter hatte ein kleines Köfferchen gekauft, in das ich die sorgfältig gebügelten Kleider legte. Dieser Koffer würde sich schließen, diese Kleider, die Blüten und Blätter, gewebt in den Farben Siziliens, die die Luft unserer Berge einatmeten, würden meine Haut umarmen in kalten Wintern in der Fremde. Ich verschwendete nicht den geringsten Gedanken daran, daß die Flucht schiefgehen könnte.

„Merke es dir genau, Aurelia. Um ein Uhr nachts wird ein weißes Auto langsam vor eurer Tür vorbeirollen. Du mußt bereit sein, hörst du? Verliere keine Zeit. Hast du alles rübergeschafft? Dann geh!"

Alles lief wie geplant. Der Wagen rollte ein, der Motor war abgeschaltet. Die Schwiegereltern standen hinter ihrer Haustür, ihr Schatten war im Laternenlicht eben noch wahrnehmbar. Sie hielten meine Siebensachen bereit. Ich war barfuß die Treppen hinuntergestiegen, hielt in einer Hand die Schuhe, in der anderen die zusammengebundenen Liebesbriefe, die Gianni mir in den letzten Wochen geschrieben hatte. Liebesbriefe von Menschen, die Tür an Tür wohnen, sind die schönsten. Auf sie wartet man am sehnlichsten, hebt sie auf und behandelt sie zart und behutsam. Ich hatte sie immer wieder von einer Ecke in die andere versteckt, aus Furcht, sie könnten in feindliche Hände geraten. Alles sonst, was mir gehörte und was ich tragen konnte, hatte ich aus dem Haus geschafft. Nichts Großartiges, da ich ohnehin keine Aussteuer, nichts Besticktes, Gehäkeltes mitnehmen durfte, um mein Brautzimmer zu schmücken. Den Segen der Schwiegereltern holte ich mir noch zwischen Tür und Angel.

Schwager Alvaro saß vorn neben dem Fahrer. Gianni und ich auf dem Rücksitz. Gianni war so aufgeregt, daß er sich erbrechen mußte. Mir war nicht schlecht. Ich saß wie eine Diva neben meinem Bräutigam, etwas scheu vielleicht, etwas flau im Magen, aber was machte das schon? Jetzt wollte ich alles Schwere, alles Traurige hinter mir lassen.

Gianni war fix und fertig, als wir ankamen. Alvaro und der Fahrer hatten ihn unterwegs ununterbrochen verspottet. Sie erzählten anzügliche Witze von Männern, die in der ersten Nacht nicht fertigbrachten, was erfolgreich zu vollziehen ihre Aufgabe war. Sie nahmen kein Blatt vor den Mund und störten sich auch nicht daran, daß ich in all meiner Unberührtheit dieses Männergeschwätz über mich ergehen lassen mußte. Was wußten diese zwei Burschen schon von Liebe und Scham? Konnten sie ahnen, wie mir hinten auf dem Rücksitz zumute war, neben einem Mann, der nicht mal eine längere Autofahrt vertrug? Ausgerechnet mit so einem war ich, alles auf´s Spiel setzend, abgehauen!

„Was um Himmels willen sucht ihr hier in Ragusa, mitten in der Nacht, Alvaro, Gianni? Und wer ist dieses Mädchen?"

„Wir sind abgehauen, Tante Rosa, erkennen Sie mich denn nicht? Ich bin doch..." Ich brach ab, biß die Lippen zusammen und wartete, daß einer der Männer den Mund aufmachte, um die Lage zu klären. Die Tante war anscheinend nicht benachrichtigt worden. Zwar gab es damals bei uns in der Gegend noch kein Telefon, aber wir hatten lange genug warten müssen, daß man die Tante schriftlich hätte benachrichtigen können. Wie Strandgut fanden wir uns nun statt dessen hier im Dunkeln auf der Straße vor ihrer Tür und warteten darauf, eingelassen zu werden. Mein hoffnungsvoller Bräutigam war immer noch mit sich selbst beschäftigt. An die Hausmauer gelehnt, gebückt, hielt er sich den Bauch, wischte sich den Schweiß von der Stirn und brachte außer der Galle, die er kotzte, nichts heraus.

Die Tante schien endlich wach zu werden, lange nachdem sie uns die Tür geöffnet hatte. Allmählich konnte sie sich wohl selbst zusammenreimen, was geschehen war. Sie trat zur Seite und ließ uns ins Haus. Verstört und beschämt schlichen wir leise hinein und ließen uns irgendwo nieder. Das „Haus" der Tante bestand nur aus einem einzigen Zimmer und einer Kochnische. Während die Männer Schinken, Brot und Wein auf den Eßtisch verteilten, richteten wir Frauen das Bett für den Rest der Nacht. Frische Laken, weiß wie meine Unschuld, frische Bezüge, rosa, wie der Beweis meiner Unschuld. Sie wurde mir in dieser Nacht genommen.

Wir Frauen aus Sizilien leben, sobald wir unser Geschlecht wahrnehmen, auf diese eine, die wichtigste Nacht hin. Wir leben dafür, hüten uns und werden behütet. Und doch, würde man mich jetzt fragen, was ich von jener Nacht noch in Erinnerung habe, könnte ich nichts Genaues sagen. Was in jener Nacht mit uns geschieht, wissen alle, nur wir selbst nicht. Außerdem schert sich niemand darum, wie sich eine junge Frau in diesem wichtigen Augenblick wohl fühlt, was in ihr zerbricht, was nie mehr so sein wird wie vorher. Niemand spricht mit ihr darüber, wie sie sich gegen den Selbstverlust wehren kann. Erwachsene Frauen, die die jungen Bräute auf diese Nacht vorbereiten, wissen zwar, wie sie selbst es empfunden haben, geben es aber dennoch nicht preis, denn die ihnen eingeprägte Wunschvorstellung von einer glücklichen Hochzeitsnacht zielt nur auf das, was den Mann befriedigt. Für die persönlichen Erfahrungen und Empfindungen der Frauen findet niemand Worte.

Meine Mutter jedenfalls hat mir dazu nichts mit auf den Lebensweg gegeben. Als ich meine Monatsblutungen bekam, schob sie mir nur ein gewickeltes Tuch zwischen die Beine. Keine Erklärungen. Was es damit auf sich hatte, würde ich noch früh genug erfahren. Ich erlebte also in dieser Nacht etwas, worüber nicht viel zu sagen war.

Die Tante, die die Nacht wohl bei ihren Kindern in der Nachbarschaft verbracht hatte, holte in aller Eile frisches Brot und Eier, klapperte mit Tassen und Tellern und bereitete das Frühstück vor.

Ich saß längst gewaschen und angezogen am Bettrand. Von der Nacht war nicht viel übriggeblieben an Freude oder Schmerz, nichts, woran ich mich mein Leben lang erinnern würde. Nur eins: Gegen Mittag kam Schwager Alvaro, um sich zu verabschieden. Tante Rosa reichte ihm ein Paket für Signora Erminia. Ich nahm an, sie schickte etwas Eß- und Trinkbares mit, vielleicht selbstgemachten Parmesan, geräucherten Schinken und Pastamehl. Aber warum tuschelte sie mit Alvaro bei der Paketübergabe an der Haustür? Alvaro flüsterte etwas zurück. Ich blickte hinter mich: Das Laken war verschwunden. Es fand sich einige Wochen später, gewaschen und gebügelt, bei meiner Aussteuer im Hause der Signora Erminia. Die anderen waren mit mir zufrieden, das stellte auch mich zufrieden.

Als Mutter mein Bett morgens unberührt fand, flippte sie aus. Ihr Geschrei war in der ganzen Nachbarschaft zu hören, bis hinüber zum Haus von Signora Erminia. Als sie Mutters Wehklagen und Weinen hörte, holte sie rasch und leise die Wäsche vom Balkon und schloß die Läden. In meiner Familie ahnte niemand, was passiert war.

Sobald Mutter aufhören konnte zu weinen, suchten sie und Don Orlando die Carabinieri auf, um eine Vermißtenanzeige aufzugeben. Sie baten ausdrücklich darum, die Sache nicht publik zu machen, da ich minderjährig und noch unberührt sei.

Don Orlando, wieder in seinem Element, schimpfte und demütigte Mutter mit seinen allseits bekannten Sprüchen. Mutter sagte nichts. Sie vermied es, zusätzlich zu der Katastrophe auch noch eine Auseinandersetzung heraufzubeschwören. Sie wußte, bei Tobsuchtsanfällen konnte man ihm nur aus dem Weg gehen. Alles andere käme einem Versuch gleich, Feuer mit Benzin zu löschen.

Nach vier Tagen kamen wir ins Dorf zurück, ins Haus der Schwiegereltern. Nun, nachdem passiert war, was passieren sollte, war der nächste Schritt, meine Familie davon in Kenntnis zu setzen, sie vor vollendete Tatsachen zu stellen, um dann alles Weitere anzugehen.

Mutter und Don Orlando erschienen bald. Sie zeigten sich nicht besonders erstaunt, daß der Übertäter aus der unmittelbaren Nachbarschaft stammte. Ich, erfreut und ängstlich zugleich, grüßte sie wie eine verschreckte Katze: „Ciao, mamma."

Sie machte drei Schritte auf mich zu und gab mir eine schallende Ohrfeige. „Du verdammtes Luder wagst noch, ´mamma´ zu mir zu sagen?"

Ich mußte es hinnehmen. Alle außer Don Orlando schwiegen. Der jedoch lief in seinen Stiefeln zwei Schritte nach links, zwei Schritte nach rechts, seine dicken, muskulösen Arme wie ein Revolutionsführer in der Luft schwenkend, tobte, schrie, drohte, befahl mir, meine Sachen zu packen und nach Hause zu kommen.

Ich antwortete, nicht weniger laut: „Wie stellst du dir das vor? Ich kann nicht mehr nach Hause. Willst du das denn nicht verstehen, ich kann nicht! Außerdem will ich auch nicht!"

„So, du willst also nicht. Du sagst mir, du willst nicht nach

Hause kommen. Das sagst du mir? Na warte! Hast du vergessen, daß du minderjährig bist? Hast du gewußt, daß, wenn ich nicht einwillige, die Carabinieri dich gegen deinen Willen bei mir abliefern können? Rechne nicht damit, das Herz deiner Mutter zu erweichen. Ich sage dir zum letztenmal, pack sofort deine Sachen und komm. Ich warte." Er pustete durch seine riesigen Nasenlöcher wie ein Blasebalg. Seine Nase war dick und groß wie eine Aubergine und verfärbte sich jetzt auch entsprechend.

„Mach, was du willst. Ich komme nicht!"

„Aurelia!" sagte er in einem drohenden Ton, der mich zur Vernunft bringen sollte. „Aurelia! Du bist noch ein Kind. Es ist viel zu früh. Wieso diese Eile? Willst du uns nicht erzählen, was passiert ist? Jetzt, hier, vor aller Augen und Ohren? Na, los doch! Erzähl schon! Oder soll ich deinem Vater schreiben, was du angerichtet hat? Ha, überhaupt, dein Vater! Den haben wir ganz vergessen. Hoffentlich weißt du, daß letztendlich er über dich bestimmt. Wenn ich ihm schreibe, was los ist, kannst du dir ausrechnen, was mit dir passiert."

Ich schrie zurück: „Schreib doch! Er ist mein Vater! Ich werde ihm alles berichten, aus meiner Sicht. Ich werde ihm schreiben, was du mit mir treibst, daß du mich nur zurückzuholen versuchst, weil du es auf sein Geld abgesehen hast. Aber das Geld steht mir zu. Los, raus jetzt! Geh und berichte meinem Vater von seiner Tochter. Wie du siehst, habe ich nicht die leiseste Absicht zurückzukommen!"

Sie gingen. Die Nacht verbrachte ich bei den Schwiegereltern. Am nächsten Morgen kamen die Carabinieri, um mich zu holen. Begründung: Meine Eltern seien mit meiner Entscheidung nicht einverstanden. Da ich noch minderjährig sei und nicht freiwillig zu meinen Eltern zurückwolle, müßten sie mich abführen. Sie begleiteten mich also die hundertsiebzig Meter vom Haus der Schwiegereltern zu meinem Elternhaus.

Ich wurde eingesperrt.

Draußen im Ort zerrissen sich die Leute das Maul über unsere Geschichte. Die Männer in den Cafés klatschten über Gianni und machten Witze über seine Potenz, an der sie zweifelten. Jetzt erst gab es den eigentlichen Skandal.

Es kam häufig vor, daß junge Leute flohen, wenn ihrem Wunsch nach Vermählung irgendetwas im Wege stand. Nachdem der Akt der ersten Nacht jedoch vollzogen war, fanden sich meist alle Beteiligten mit den Gegebenheiten ab. Alle vorher scheinbar unüberwindlichen Hindernisse wurden dann plötzlich nebensächlich. Es war ein offenes Spiel, jeder Beteiligte kannte die Spielregeln und spielte fair. Wurde aber das Mädchen nach einer solchen Flucht ins elterliche Haus zurückgeschickt, dann bedeutete das entweder, daß sie nicht mehr unberührt gewesen war, oder daß der Mann es nicht geschafft hatte, ihr die Unschuld zu nehmen. Nach den Gerüchten kam in unserem Fall nur Letzteres in Frage. In diesem Ruf zu stehen, war für einen Mann das Schlimmste, was ihm passieren konnte.

Inzwischen hatte ein Freund meines Vaters, der eingeweiht war, Vater benachrichtigt. Ich war seit zwanzig Tagen in der Rumpelkammer eingeschlossen. Mutter reichte mir zu den Mahlzeiten einen Teller Spaghetti herein und schloß dann sofort wieder ab. In meinem Kerker gab es kein Fenster.

Am Morgen des einundzwanzigsten Tages fiel mir endlich ein, daß die Vorratskammer an der Decke eine Öffnung zum Dach haben mußte. Die Leiter stand hinter den Vorratssäcken versteckt. Das Dach benutzten wir im Sommer oft, um Gemüse zu trocknen, Wäsche aufzuhängen, oder, wenn die Hitze in den Sommernächten in geschlossenen Räumen nicht mehr zu ertragen war, um uns dort unter dem Licht des Mondes und der Sterne auf die Matten zu legen. Das war meine Rettung. Der einzige Ausweg aus diesem Loch, dem tiefsten

Loch meines Lebens, um wieder ans Licht zu kommen. Ich hatte ja keine Ahnung, wie lange diese Einzelhaft dauern sollte. Ich hatte mich noch längst nicht in mein Schicksal ergeben, mich nicht abgefunden mit dem, was passiert war. Ich konnte mir aber denken, daß mein Stiefvater mich eingesperrt hatte, damit ich mich geschlagen und Gianni aufgebe. Um das zu erreichen, würde er mich sicherlich noch viele Tage, wenn nicht Wochen hinter Schloß und Riegel verwahren.

Daß ich, nach allem, was passiert war, als Frau sowieso nicht mehr viel wert war, war ihm offenbar gleichgültig. Er war überzeugt, daß er sein Ziel erreichen würde, daß ich vor seiner Macht und Stärke kapitulieren mußte und er weiterhin das Geld für meinen Unterhalt kassieren konnte. Sie würden mich weiterhin wie ein Pferd bei der Arbeit einspannen, und wenn die Zeit reif war, würde Don Orlando jemanden aussuchen, an den er mich zum halben Preis verschachern konnte. Oder wollte er mich ewig als entjungferte Jungfer bei sich behalten, bis ich alt und grau wurde und mich niemand mehr haben wollte?

Als ich auf abenteuerlichem Weg über Dächer und Türme im Haus der Schwiegereltern anlangte, lag die Familie schon in den Federn. Ich schlich leise in das Zimmer von Gianni. Es war leer. Nach Signora Erminias knapper Auskunft, Gianni sei nach Catania gefahren, erübrigte sich jede weitere Frage. Das wußte hier jeder: Wenn junge Burschen eine Frau wollen, gehen sie nach Catania. Da sind die Nutten.

Noch in derselben Nacht bemerkte der Stiefvater meine Flucht und stand zeternd vor der Haustür meiner Schwiegereltern. Als wir die Tür einen Spalt breit öffneten, drückte er sie auf, kriegte mich zu fassen und zerrte mich aus dem Haus. Signora Erminia zerrte mich zurück. Sie beschimpften sich gegenseitig mit den denkbar schlimmsten Kraftausdrücken. Die lautstarke Auseinandersetzung eskalierte, jeder wollte die Gegenseite zum Aufgeben zwingen. Natürlich war Don Orlando auch diesmal wieder der Gewinner. Signora Erminia rutschte aus und fiel so unglücklich, daß das Krachen ihrer Knochen nicht zu überhören war.

Ich hatte bei dem ganzen Gezerre dem Stiefvater immerhin einen Ehrenhandel abgezwungen: Ich würde mit ihm gehen, wenn er mir versprach, mich nie mehr einzusperren. Er hielt sein Versprechen.

Jeden Tag ziemlich zur gleichen Zeit ging der Postbote an unserem Haus vorbei. Ich wartete jeden Tag auf ihn. Mutter bemerkte es wohl, unternahm aber nichts dagegen. Dann kam das Telegramm. Don Orlando war bei der Arbeit.

Vater schrieb, daß er aus beruflichen Gründen leider nicht kommen könne. Ich brach im Treppenhaus zusammen. Später, nach dem ersten Schock, sah ich in dem Stück Papier dann doch meine Rettung, denn sein Einverständnis, seinen Segen hatte er immerhin gegeben. Wütend und traurig, aber gleichzeitig auch mutiger und voller Hoffnung, rannte ich mit dem Telegramm zum Pfarrer und bat ihn, die Polizei zu benachrichtigen, weil ich zu Hause gefangen gehalten wurde. Ich hatte nun alles, was ich brauchte, um heiraten zu können.

Von der Kirche aus gingen wir, der Pfarrer und ich, erst zu Signora Erminia, dann zur Polizei. Don Orlando, der inzwischen Wind von der Sache bekommen hatte, kam hinter uns her und versuchte mit allen Mitteln, mich wieder nach Hause zu holen. Inzwischen stürmte die ganze Verwandtschaft der Schwiegereltern ebenfalls zum Polizeirevier.

Ich hielt dem Maresciallo zur Verblüffung aller das Telegramm entgegen, das ich sorgsam im Büstenhalter versteckt hatte. Als er sich über den Inhalt des Telegramms informiert hatte, schickte er Stiefvater hinaus. Ich war gerettet. Doch jetzt mußte meine arme Mutter Don Orlandos Zorn über diese Niederlage aushalten. Ein schier endloser Krieg begann in unserem Haus.

Ich schickte Vater ein Telegramm zurück, in dem ich ihn bat, doch zur Hochzeit seiner einzigen Tochter zu kommen und sie zum Altar zu führen. Der Hochzeitstermin stand fest. Er kam nicht.

Ich verbrachte die Nacht auf dem Balkon unter dem Sternenhimmel. Der Ätna schien in greifbarer Nähe, mit dem ewigen Rauch, der aus seiner Krone in den Himmel stieg. Reglos stand er da. Gerade heute, wo ich seinen Rat und Trost so dringend brauchte, schwieg er.

Auf der anderen Seite des Balkons, dort, wo die Basilikumtöpfe standen, die Wäscheklammern an der Wäscheleine hingen und Don Orlandos Stuhl stand... dort, unter demselben Sternenhimmel, dem Ätna nahe, hatte ich geträumt... Es war noch gar nicht lange her, noch gestern, noch heute, bevor das Telegramm kam, hatte ich geträumt, wie früher, wenn die Kinder von der Straße hinter mir herriefen „senza padre, senza padre!" und mit Steinen nach mir warfen. „Mamma, mamma, stimmt es, was die Kinder sagen? Wenn nicht, wo steckt er dann? Wo ist mein Vater?"

An feierlichen Tagen deckte Mutter den Tisch immer für drei. Er kam nie. Sein Teller blieb immer leer. Vor seinem Gedeck lag ein verblaßtes Schwarzweißportrait. So war er dennoch gegenwärtig.

„Das ist nicht wahr, mein Kind. Das sind böse Kinder. Du hast einen Vater, sogar einen wunderbaren Vater. Sieh doch, wie schön er ist, Aurelia."

„Ja, Mamma, quello bello padre, padre mio!"

„Du wirst sehen, alle werden sehen, was für einen wunderbaren Vater du hast. Komm zu mir, hilf mir bei den Mandeln."

In den Flüssen Siziliens gibt es große, glatte Steine, rote, weiße und schwarze. Manchmal verschwimmen alle drei Farben ineinander, manchmal sind sie gemustert wie von Menschenhand. Wir hatten eine ganze Sammlung davon. Sie lagen aufgereiht neben dem großen Mühlenstein. In der Zeit der Mandelernte wurden säckeweise Mandeln gebracht. Ein Schlag Mutter, ein Schlag ich. Waren die Mandelschalen noch frisch und nicht richtig trocken, war die Arbeit noch mühsamer. Berge von Schalen türmten sich links und ein kleines Häufchen Mandelkerne rechts. Handbewegungen nach rechts, nach links. „Die Mandeln nie flach auf den Rücken legen. Die Nahtstelle an der Seite, wo sich die beiden Schalen zusammenfügen, mußt du in der Mitte treffen. Deine Augen und deine rechte Hand müssen genau auf diese Stelle zielen. Wie du siehst, öffnet sie sich mit einem Schlag. Halte die Mandel gut mit Daumen und Zeigefinger fest, damit sie dir nicht wegrutscht. Wenn du gut bist, kommt der Kern heil heraus."

„Mamma, ich bin müde!"

„Komm, mein Kind, bleib noch etwas."

„Mamma, meine Hände tun weh!"

„Nur noch ein paar..." Dann erzählte sie, alles, was ihr einfiel. Sie erfand Geschichten, oft immer wieder dieselben, und viele davon handelten von meinem Vater.

„Es war einmal ein Mädchen, das lebte in einem kleinen Dorf in den Bergen bei seiner mamma. Der Himmel über diesem Dorf war tagsüber strahlend blau, und abends funkelten die Sterne. Ein großer Berg beschützte das kleine Mädchen, weil ihr Vater im Krieg war. Eines Tages kam er zurück..."

„Und dann, was passierte, als er kam?"

„Komm, mein Kind, es ist Zeit." Sie nahm mich mit in ihr Bett, ich legte meinen Kopf auf ihren Bauch. „Morgen erzähle ich weiter..."

Ich hörte ihr in jenen Stunden gebannt zu und wünschte mir nichts inniger, als daß ihre Geschichten wahr würden.

Ich fragte mich, warum die Frauen sich eigentlich bei der Arbeit nicht zusammentaten. Sie hätten Arbeit und Lohn teilen können. Wenn jede dieser Frauen eine Geschichte erzählt hätte, wenn sie, je nach ihrer Stimmung, ihre Lieder gesungen hätten, dann wären wir wenigstens nicht so schrecklich einsam gewesen. Bei der Pistazienernte machten sie das doch auch, warum nicht beim Mandelknacken?

„Dein Vater wird kommen."

„Dein Vater ist Soldat."

„Dein Vater dient seinem Vaterland, mein Kind."

Ich wurde 1940 geboren. Als kleines Kind hoffte ich mit jedem Knäuel Wolle, das Mutter für andere Leute verstrickte, mit jeder Masche und mit jedem fertigen Pullover oder Strumpf auf das Kriegsende. Mit den Wollresten strickte sie dann für mich ein Jäckchen, eine Mütze oder Handschuhe, alles kunterbunt.

Unser Haus war zerbombt, unser Bett durchlöchert, die Gebrauchsgegenstände waren kaputt. Vater war im Krieg, erst in Jugoslawien, dann als Kriegsgefangener in Frankfurt. Durch seine Briefe wußte Mutter, daß er lebte. Er schrieb an seinen Vater, berichtete unter anderem auch von seinen Frauengeschichten. Als Mutter die Briefe fand, weinte sie, aber sie sagte dem Großvater nichts davon.

Sie war das jüngste von dreizehn Kindern. Überall gab es damals viele Kinder, auf der Straße, den Plätzen, in den Häusern. Nur ich war ein Einzelkind, war ganz allein. Meine Großmutter starb an irgendeiner Krankheit. Nach den Geburten hatte meine Großmutter keine Milch, so starben ihr zehn Kinder nacheinander, jeweils kurz nach der Geburt. Als mein Großvater starb, war meine Mutter noch jung. Sein Hab und Gut hatte er schon seinem Jüngsten, dem einzigen männlichen Nachkommen, vermacht. Mutters Bruder verlor noch zu Lebzeiten des Großvaters mehr und mehr von diesem Besitz, da er eine sehr verschwenderische Frau geheiratet hatte, die auf großem Fuß lebte. Großvater war ein wohlhabender Mann gewesen. Als sich aber jetzt die Schuldner Tag für Tag bei ihm die Klinke in die Hand gaben und ihn, den sie als ehrenwerten Mann kannten und achteten, um die Rückzahlung der Schulden seines Sohnes bitten mußten, da hätte er sich lieber lebendig begraben lassen, als diese Schande miterleben zu müssen.

Eines Morgens wachte er auf und war gelähmt. Und doch mußte er sich jeden Tag neu überlegen, wie er seine Würde, seinen Stolz aufrecht erhalten, wie er die Schuldner bezahlen konnte - mit Korn, Öl und Käse. Plötzlich, noch bevor er sein Testament auf den neuesten Stand hatte bringen und sich bewußt hatte verabschieden können, starb er.

Mutter war damals dreizehn. Die Familie suchte bereits einen Mann für sie. Vater war zwar arm, doch er hatte für die damalige Zeit einen angesehenen Beruf: Er war Marmorarbeiter. Seine Mutter war stolz auf ihn, erzählte überall im Dorf herum, daß ihr Sohn, im Gegensatz zu den meisten Dorfjungen, kein Bauer war. Sie zeigte den Leuten die Wände, die Decken, die Mauern, die Fassaden, die Ornamente aus Marmor. „Seht, das alles kann mein Peppino, mein Pino, mein Sohn."

Irgendwann stand Mutter mit dem Marmorjüngling leise und unauffällig bei dessen Mutter in der Tür.

Sie heirateten.

Beide wollten nicht warten, bis Mutters Vermögensverhältnisse geklärt waren und sie mit einer ansehnlichen Summe, mit Land und Vieh einen würdigen Beitrag zur Hochzeitsfeier hätte leisten können.

Sehr bald jedoch fing Vaters Familie an, sich über die Mittellosigkeit meiner Mutter zu beschweren. Diese Demütigung wollte Mutter nicht auf sich sitzen lassen und ließ alles, was vom Hab und Gut ihrer Familie noch übriggeblieben war, schätzen. Das, was noch nicht verloren war, war schnell aufgeteilt: Ihre Geschwister behielten und bestellten die Felder weiterhin und bezahlten Mutter mit ein paar Lire aus, für ihren Anteil. Der Ertrag des Kornfeldes, das uns noch blieb, reichte nicht einmal für den Eigenbedarf. So begann die Geschichte vom Mädchen aus gutem, wohlhabendem Hause, das den Marmorarbeiter Peppino Nero heiratete. Magere Zeiten brachen an.

Als Vater sich bei Kriegsausbruch freiwillig zur Front meldete, ließ er eine schwangere Frau zurück bei seiner alten madre. Mario starb in der ersten Stunde seiner Geburt, hatte wohl zu lange im Mutterleib auf seinen Vater gewartet. Einige Monate später, Vater kam auf Heimaturlaub, wurde ich gezeugt. Beim nächsten Heimaturlaub, zur Stunde meiner Geburt, wärmte er sich dann im Bett einer Nachbarin.

Über meine Geburt hat er sich wohl nicht sehr gefreut, aber seinen erstgeborenen Sohn konnte er dadurch auch nicht mehr ins Leben zurückholen. Aber dann hat er sich mit der Zeit doch an mich gewöhnt, sagte man.

Später kam Vater öfter nach Hause. Als ich gerade die ersten Schritte machen konnte, hielt ich mich am Schrank mit der Marmorplatte fest. Einmal fiel sie auf mich und zersprang. Da hat er mich fürchterlich verdroschen. Danach sah ich ihn nie wieder.

Als die Bomben fielen, flüchteten wir in eine kleine Lavagrotte. Oma, Opa, Cousins, Cousinen, ich in Mutters Armen. Erst Hitler, dann Mussolini. Als der Duce verbannt war, kam Badoglio, dann die Amerikaner, die uns retteten. Doch vorher hatte jeder von ihnen Bomben geworfen.

Ich saß auf Opas Schoß, er fütterte mich mit Trauben, als direkt vor unserer Grotte eine Bombe fiel. Vor unserer Höhle stiegen die Flammen auf. Ein Splitter erwischte Mutter am Arm, ein anderer mich am Hals, ein dritter schälte Opa von der Stirn her die Schädeldecke ab. Er war auf der Stelle tot.

Das war im August. Ich war vier Jahre alt. Durch den Bombenstaub und die Druckwelle konnte ich nichts mehr sehen, auch nicht, wie Großmutters Gallenblase platzte. Als der Staub sich ein wenig gelegt hatte, sahen wir viele Tote um uns herum. Wir flüchteten aus der Lavagrotte. Unterwegs gingen rechts und links unaufhörlich Bomben in die Luft. Ich war immer noch halbblind. Überall Bomben.

Mutter beugte zur Deckung ihren Körper über mich wie eine Brücke und flüsterte: „Wenn ich sterben soll, werde ich sterben, lieber Gott, aber laß mein Kind leben." Das sagte sie mit blutendem, zerfetztem Arm, im Malariafieber, im Wahn. Ich lief auf die Felder hinaus und traf dort auf einen Militärarzt, der die Felder nach Verletzten absuchte. Wir kamen ins Lazarett, Mutters verletzter Arm wurde behandelt. Sie nahm mich auf ihren Schoß und holte mit zarter Hand die Bombensplitter aus meinem Körper und Staubkörnchen aus meinen Augen. Sie tauchte Watte in Kamille und rieb mir damit die Augen aus. Ich konnte wieder sehen.

Die Narbe an meinem Hals ist geblieben, das Loch in Mutters Arm auch. Den kann sie seither nicht mehr gebrauchen.

Mit den Amerikanern kamen Milchpulver und Schokolade. Mein Vater blieb jedoch aus. Noch nach dem Tod seiner Eltern kamen Briefe von ihm dort an, da er nichts von ihrem Tod wußte. Mutter teilte es ihm auch nicht mit, sondern beantwortete seine Briefe mit der Zunge seines Vaters und hielt so noch die Verbindung zu ihrem Mann für eine Weile aufrecht. Dadurch wußte sie, daß er lebte, wußte von seinen Frauen und daß er sich von ihr scheiden lassen wollte.

Mutter würde nie in die Scheidung einwilligen. Sie wartete, suchte, ließ ihn suchen, kämpfte lange um ihn. Wenn ich aus der Schule kam, von unten den Hügel hinaufstieg, hörte ich sie manchmal klagen. Ihr Weinen brach mir das Herz. Ich stieg langsam, mit Herzklopfen, die Treppen hinauf und fand sie mit rotgeränderten Augen, ihre Schultern zusammengefallen, hervorgetretenen Venen, heiser und müde. Sie schlug auf Vaters Bilder und die seiner Eltern ein. Sie schlug sich und die Wände. Am meisten beklagte sie unsere Armut. Oft konnte sie nur die Hand auf ihren knurrenden Magen drücken.

Nachdem sie lange nichts mehr von meinem Vater gehört hatte, ließ sie ihn suchen. Das Rote Kreuz machte ihn ausfindig. Er lebte. Dann sollte er auch zahlen. Sie gab die Unterlagen des Roten Kreuzes an die Behörden weiter. Diese benachrichtigten das italienische Konsulat in Frankfurt, daß er unterhaltspflichtig war. Immer wieder versprach er im Konsulat, daß er sich um uns kümmern werde. Doch nichts dergleichen geschah. Es hatte Jahre gedauert, bis man ihn ausfindig machen konnte. Mutter stellte einen Antrag auf Vermißtenrente, die nach langer Überprüfungs- und Bearbeitungszeit endlich bewilligt wurde. Doch einen Tag, bevor das Geld ausgezahlt werden sollte, kam ein Brief von Vater beim Bürgermeister an. Er suchte seine Eltern, bat den Bürgermeister um Übermittlung ihrer Adresse, erkundigte sich nach ihrem Befinden. Über uns verlor er kein Wort! Wir bekamen weder Post noch Geld von ihm. Und die Vermißtenrente war damit ebenfalls hinfällig. Mutters Verzweiflung wuchs von Tag zu Tag. Dennoch hat sie es niemals aufgegeben, auf ihren Mann zu warten. Selbst als sie wußte, daß er nicht mehr zu ihr zurückkehren würde, hat sie ihm nie den Tod gewünscht, obwohl es ihr dann finanziell sicher besser gegangen wäre.

Zunächst kehrten die siegreichen Soldaten der italienischen Armee zurück, später dann die Soldaten, die in Kriegsgefangenschaft geraten waren. Scharenweise kehrten sie in ihre Heimatorte zurück. Die Züge waren überfüllt, die Bahnhofshallen voller wartender Menschen. Ich hielt Mutters Hand fest. Wir warteten. Die Menschenmenge löste sich schnell auf. Freudenschreie um uns herum. Jene, die keinen Grund zur Freude hatten, weinten leise und waren immer die letzten, die den Bahnhof verließen. Mutters Stolz ließ es nicht zu, die anderen wissen zu lassen, daß ihr Mann nie mehr unter den Heimkehrern sein würde. Sie wußte das schon lange. Etwas wissen und sich damit abfinden, daß die Dinge nun mal so und nicht anders stehen, ist eine Sache - eine andere, dies vor anderen zuzugeben.

Eines Tages traf sie einen Freund von Vater. „Ach, der Pino, der lebt wie Gott in Frankreich. Es geht ihm gut, er ist gesund. Ich habe ihn gesehen. Keine Spur von Heimweh. Außerdem ist da ja noch seine..."

„Danke, Signore Bertolini. Es war sehr freundlich von Ihnen, uns die Nachricht zu überbringen."

Ihm ging es blendend, und wir waren in Not! Eine ganz neue Form der Verzweiflung nistete sich, kaum loszuwerden, in uns ein. Ich wurde schmaler, mein Magen weigerte sich, Nahrung anzunehmen. Selbst das Essen, das die Stadt an die Armenkinder verteilte, ließ ich stehen.

In dieser Zeit kam Don Orlando in unser Haus. Er brachte Mehl und Käse, Öl und Wein. Seine kräftigen Arme trugen Tag für Tag Körbe voller Früchte ins Haus. Früchte hatten wir seit ewigen Zeiten nicht einmal mehr angefaßt.

„Signora Nero, Signora Nero! So machen Sie doch auf!" Es war Nacht.

„Mamma, mamma! Die Carabinieri!"

„Was wollen Sie von mir, mitten in der Nacht?“ rief Mutter hinunter.

„Der Signore Maresciallo wünscht Sie und Ihre Tochter Aurelia zu sprechen.“

„Mit mir kann er meinetwegen sprechen, aber was will er von meiner Tochter?“

„Sie werden gebeten, in die Kaserne zu kommen, Signora. Er hat dort eine wichtige Nachricht, die auch ihre Tochter angeht.“

„Was für eine Nachricht? Warum, um Himmels willen, mitten in der Nacht? Und wieso meine Tochter? Sie ist doch noch ein Kind!“

Inzwischen hatte sie sich angezogen. Teils aus Neugierde, teils einer Vorahnung folgend, ging sie hinunter, mich an der Hand. Der Carabiniere stand noch vor der Haustür.

„Aber mit Ihnen zusammen gehe ich nicht, Signore. Gehen Sie vor, wir kommen hinterher. Das fehlt noch, daß die Leute morgen alle möglichen Gerüchte verbreiten über das, was ich verbrochen haben könnte. Und dann kann ich niemandem mehr das Maul stopfen. Nun gehen Sie schon! Die Zunge hat keine Knochen.“

Wir betraten das Kasernengelände durch ein eisernes Portal, liefen über einen Platz mit großen Platanen, deren Umrisse man im Schatten des Mondlichts erkennen konnte, auf das einzige noch erleuchtete Zimmer zu.

„Schön, daß Sie da sind, Signora Nero. Ich habe gute Nachrichten für Sie. Ihr Mann ist da!“

Sie war völlig überrascht, doch dann sprudelte die jahrelang angestaute Wut aus ihr heraus.

„Ja? Danke, Signore Maresciallo. Mein Mann? Wo ist mein Mann? Wo ist dieser Hundesohn? Wo war er all die Jahre, in denen wir fast krepiert sind? Erst jetzt meldet er sich, jetzt, wo ich auf ihn pfeife! Wo steckt er? Wo, wo?“ Sie weinte.

„Nun beruhigen Sie sich doch, Signora. Er will ja nichts von Ihnen. Er will nur sein Kind sehen!"

„Sein Kind? Daß ich nicht lache! Welches Kind denn? Aurelia - sein Kind! Wann hat er denn ‚sein Kind' zum letztenmal gesehen? Fragen Sie ihn doch. Nein, lassen Sie nur, das werde ich selber tun. Ich werde ihn fragen, wo er gesteckt hat. Ob es sich für einen Ehrenmann, der er ja sein will, gehört, Frau und Kind in Hunger und Elend sitzen zu lassen! Jetzt will er plötzlich sein Kind sehen! Das ist meine Tochter, ganz allein meine Tochter. Mit meiner Hände Arbeit habe ich sie durchgebracht. Sie wissen selbst, wie oft und wie verzweifelt ich zu Ihnen gerannt kam, wie lange ich auf ihn gewartet habe, auf ein einziges Lebenszeichen von ihm. Signore Maresciallo, Sie haben doch auch Frau und Kinder. Ich frage Sie als einen Ehrenmann: Ist das richtig, was er mit uns getan hat? Nein, Signore Maresciallo. Mein Kind kriegt er nicht zu sehen. Aber bevor ich gehe, will ich ihm noch meine Meinung ins Gesicht sagen. Darum bitte ich Sie, nichts sonst! Lassen Sie mich zu ihm."

Sie weinte noch eine Weile herzzerbrechend, die Männer saßen stumm da. Der Maresciallo überredete sie schließlich, mich zu meinem Vater zu lassen. Ich wagte nicht, es auszusprechen, aber ich war sehr neugierig auf ihn. Stumm, mit unschuldigen Kinderaugen, schaute ich den Maresciallo an. So wurde ich in einen großen, hell erleuchteten Raum geführt. Dort saßen bereits viele Leute und warteten auf den großen Augenblick. Ich erkannte einzelne Gesichter, Vaters Verwandte. Dann sah ich ihn.

Ich lief direkt in seine Arme. Meine Papa-Rufe hallten von den Wänden zurück in die Mitte des Raumes und füllten ihn. Ansonsten war es still, bis Mutter hereinstürzte und ihn anschrie: „Du Hundesohn! Wo warst du all die Jahre? Mit welchem Recht kommst du heute zurück, hast du überhaupt kein Gewissen? Das Kind, das du gerade in den Armen hältst, hast du als kleines Wurm verlassen. Was glaubst du, wie ich sie durchgebracht habe? Wo warst du all die Jahre? Was suchst du heute hier? Verschwinde, verschwindet alle von hier! Schaut mich nicht an wie die Geier! Wo wart ihr denn die ganze Zeit? Habt ihr euch einen einzigen Tag gefragt, was dieses Kind macht? Euer eigenes Fleisch und Blut? Verschwindet und laßt euch nie mehr hier blicken!"

Vater blickte sanft und schuldbewußt.

„Nun beruhige dich doch, Aurora. Es ist ja alles vorbei. Ich will ja nur das Kind sehen. Dir will ich nichts wegnehmen. Außerdem habe ich gehört, daß du inzwischen wieder einen Mann hast. Ich konnte doch nichts dafür. Es war Krieg, wie du weißt, und ich war doch..."

„Lügen, jawohl, alles Lüge! Wann war der Krieg denn aus? Wo warst du danach?"

Ich hatte Mutter hin und wieder in tiefster Verzweiflung in Wutausbrüchen erlebt. Dieser Abend jedoch schien für sie die Gelegenheit ihres Lebens, ihren ganzen Schmerz hinauszuschreien. Sie war sonst so schweigsam und sanftmütig. Natürlich hatte sie bemerkt, daß Vater mich mitnehmen wollte. Ohne daß er es aussprach, beendete sie das Thema ein für allemal:

„Bilde dir ja nicht ein, du könntest sie mitnehmen. Aurelia ist mein Kind. Hungere ich, hungert sie mit mir. Geht es mir gut, geht es ihr auch gut."

Natürlich hatte er nicht gesagt, daß er mit einer anderen Frau zusammenlebte, aber Mutter wußte das ja nur zu gut. Sie war wie eine Löwin! Auch andere, die Mutters Sanftmut, ihr zartes Wesen, ihre tiefe Traurigkeit kannten, wunderten sich nicht weniger über sie als ich. Auch Vater wurde plötzlich sehr laut und bestand darauf, mich mitzunehmen. „Ich verstehe meine Frau, Maresciallo. Ich verstehe wirklich, daß sie das Kind nicht hergeben will. Nun, was soll ich machen? Es ist auch mein Kind. Ab jetzt wenigstens soll das Mädchen es gut haben mit ihrem Papa. Ich werde mich also um sie kümmern. Und solange ich hier bin, Aurora, bitte ich dich nur darum, das Kind sehen zu dürfen, es abholen zu können, damit ich etwas mehr von ihm habe. Bitte, erlaube es. Es soll Schluß sein mit den traurigen Zeiten."

Erst wehrte sich Mutter mit Händen und Füßen gegen seinen Wunsch, dann schließlich ließ sie sich doch überreden.

„Signore Maresciallo, nach dem, was ich seinetwegen durchgemacht habe, könnte ich ihm die Erfüllung seines Wunsches verweigern. Doch mein Gewissen ist stärker als mein Zorn. Er kann das Kind abholen und sehen, solange er hier ist. Doch ich verlange, daß er seinen Paß und seine Papiere bei Ihnen persönlich abgibt, und für den Fall, daß er uns zu hintergehen versucht, sind Sie ganz persönlich dafür verantwortlich, daß ich mein Kind zurückbekomme." Sie war eine einfache Frau, aber ihre Menschlichkeit und besonnene Klugheit brachte ihr in diesem Augenblick die Hochachtung aller Anwesenden ein.

Am nächsten Tag, gegen elf Uhr, fuhr ein sehr großer, sehr schicker Wagen vor unserer Tür vor. Ich hatte bis dahin noch nie ein solches Auto gesehen, geschweige denn darin gesessen. Nun thronte ich vorn auf dem Beifahrersitz, neben meinem Vater! Ich kam mir vor wie eine Königin. Meinen Papa hatte ich bis dahin ja noch nie richtig gesehen. Er war ein schöner Mann, elegant saß er am Steuer und ließ den Wagen langsam den Hügel hinabrollen.

Ich schaute nach links und rechts, daß die Leute mich sahen und erkannten. Ja, ich war es, Aurelia. Hier war endlich mein Vater. Und was für ein Vater, mit was für einem Auto... Sie sollten sich alle dreimal die Augen reiben! Hatte ich meinen Vater nicht lange und schwer genug entbehren müssen? Senza padre! Vaterlos! Dies war mein Triumph. Heute war mein Tag! Wenn ich auch nicht wußte, wie das alles weitergehen sollte, dieser Augenblick allein genügte, auch in der Erinnerung, allen, die mich als „senza padre" beschimpft hatten, die Stirn zu bieten und das Gegenteil zu beweisen, auch wenn Mutter und ich weiterhin arm blieben.

Es war die erste, die längste Reise in meinem bisherigen Leben, in die größte Stadt auf unserer Insel. Wir fuhren nach Catania. Vater führte mich in ein hell erleuchtetes Café, dessen Vitrinen mit bunten Süßigkeiten, riesigen Torten und Schokoladen geschmückt waren. Meine Augen wurden immer größer. Er kaufte alles, worauf sich meine Blicke hefteten. Wie eine vornehme Dame saß ich im Café und ließ mich bedienen. Ich genoß den Augenblick, nahm alles, was ich sah und berührte, jedes Wort, das gesprochen wurde, bewußt und wach in mir auf.

Das Kleid, das ich trug, war das beste, das ich besaß. Doch es gefiel Vater nicht, und es paßte auch nicht zu unserem Auftritt in diesem Milieu. Mein Vater war auffällig elegant angezogen, seine Fingernägel waren manikürt, seine Haare glänzten. Und seine Lackschuhe...

Wo wir auch hinkamen, sammelte sich eine ganze Schar von Damen um ihn, sie blickten ihn mit bewundernden Augen an, machten offen Komplimente. Wenn ich in den Cafés, auf den Straßen und selbst in den feinsten Geschäften andere Männer betrachtete und mit meinem Vater verglich, dann war für mich klar, daß meine Begeisterung für ihn keine Blindheit war. Er war wirklich etwas Besonderes. Nun, der Krieg war noch nicht so lange vorbei, man war an solche Eleganz nicht gewöhnt, nicht einmal in der Weltstadt Catania.

In einem Bekleidungsgeschäft für Kinder brachte die Verkäuferin, auch sie nicht unbeeindruckt vom Charme des Vaters, das Beste vom Besten. Wir einigten uns auf ein zweiteiliges Strickkleid, am Oberteil mit zwei Püppchen bestickt. Außerdem bekam ich noch Söckchen, endlich welche, die nicht von Mutter gestrickt waren und nicht kratzten. Dann meine ersten richtigen Schuhe! Schlechte Schuhe fielen zwar weniger auf als schlechte Kleidung, aber ein Sprichwort aus meiner Heimat sagt: „Ein guter Freund schaut auf den Kopf, ein guter Feind auf die Füße."

Blieben nur noch meine Porreesträhnen. Kein Kamm, keine Drahtbürste hatte sie je in Form bringen können. Beim Friseur jedoch verschwand selbst die Widerspenstigkeit meiner Haare. Sie wurden weich und glänzend. Ich hatte das Gefühl, das waren gar nicht meine Haare. Mutter war fast verzweifelt bei dem Versuch, sie in Form zu bringen. Aber mit Geld war offenbar alles möglich! Da ich schließlich auch noch gut riechen sollte, besprühte Vater mich mit Parfüm, den Rest des Flakons steckte er in meine Tasche. Das war nun das Allerneueste für mich. Wonach roch ich denn sonst?

Als ich zu Hause ankam, voller Freude mich Mutter zeigte, erklärte, erzählte, alle Eindrücke nur so heraussprudelte, die Begeisterung mich blendete, überfiel mich auch ganz leise die Angst. Wovor ich Angst hatte, wußte ich nicht. Mutter freute sich mit mir, teilte meine Begeisterung über die Reise, über jedes Stück, das ich mitgebracht hatte, bewunderte alles. Doch ich fühlte, daß ihre Freude nicht ohne Trauer war.

„Aurelia, meine Geliebte, du sollst die schönste Braut der Welt werden."

„Aurelia, meine Schöne, du sollst am besten von allen Frauen auf der Welt riechen."

„Aurelia, meine Blüte, deine Haut soll sich in Seide verwandeln."

„Mamma, mamma, du bist mir böse. Sag es, mamma. Wenn du willst, gebe ich alles wieder zurück." Dabei wollte ich die Sachen nicht einmal in den Schrank hängen. Um immer alles im Blick zu haben, verteilte ich die Geschenke rund um mein Bett. Die Schuhe nahm ich in der ersten Nacht mit unter die Decke.

Am nächsten Tag wurde ich genauso schön gemacht und der Verwandtschaft vorgeführt. Es gab ein großes Essen, und wir mußten lange am Tisch sitzen bleiben, um die vielen Sachen aufzuessen. Viele Menschen saßen am Tisch, auch Unbekannte. Aber alle waren Vaters Verwandte. Ich war sehr mit dem Essen beschäftigt. Ich aß um mein Leben, die Köstlichkeiten schienen kein Ende zu nehmen.

Auch die Fragen der Frauen und Männer endeten nicht. Wie wir lebten, wollten sie wissen. Was meine Mutter mit diesem Mann machte? Sie war noch nicht geschieden und wohnte mit einem anderen Mann zusammen, hatte ihrem Ehemann Hörner aufgesetzt...

Sie löcherten mich mit ihren Fragen. Ich gab keine Antwort und hörte irgendwann auch auf zu essen. Ich hatte genug! Das konnte man mit mir nicht machen! Erst die leckeren Sachen auftragen und mich dann über meine Mutter ausfragen. Ich wußte schon, was sie wollten! Das kannte ich von den Leuten in der Nachbarschaft, wenn sie neugierig fragten, was meine Mutter an Feiertagen kochte.

„Fleisch und Nudeln“, sagte ich dann immer. „Jawohl, Fleisch und Nudeln.“ Das stimmte nicht, aber „der gebrochene Arm muß im eigenen Ärmel verborgen bleiben, andere brauchen es nicht zu wissen“, pflegte Mutter zu sagen. In Wirklichkeit hatte sie nur ein kleines Feuer gemacht und ein wenig Öl darüber gegossen.

Wenn sie dann das Fenster öffnete, roch es auf der Straße nach angebratenem Fleisch. Ich habe unseren Hunger nie verraten.

Vater hat dasalles nicht weiter berührt. Ihn interessierte

nicht, was Mutter an Feiertagen kochte, auch nicht, daß sie mit einem verheirateten Mann in wilder Ehe lebte. Er war nur darauf bedacht, mir in diesen wenigen Tagen ein Stück Kindheit zu schenken, das mir bisher vorenthalten worden war.

Zur Kindheit gehört auch Spielzeug. Am nächsten Tag kaufte er mir einen Puppenwagen. Die Stoffpuppe, die Mutter mir bereits genäht hatte, mit bunten, gestickten Augen, Nase und Mund, rundete das Glück in meiner Vorstellung ab. Meine Haltung und meine Gefühle meiner Mutter gegenüber änderten sich trotz all der Geschenke von Vater nicht im geringsten.

Am dritten Tag, als ich mit dem Puppenwagen stolz nach Hause kam und auspackte und wieder alles mit Freude vorführte, wurde es zuviel für sie. Mutter konnte ihren Zorn nicht länger verbergen. Da brachte sie ihr Kind in schwerster Not durch Leid und tausend Gefahren, dann kam plötzlich dieser Kerl hereingeschneit, führte sich auf wie der Scheich von Arabien und glaubte, er könne alles, was wir durchgemacht hatten, vergessen und gutmachen, indem er das Kind in Geschenken erstickte. Und damit nicht genug. Er wollte es kaufen, das Kind und seine Liebe, blind machen, bis es schließlich nicht mehr widerstehen könnte und mit ihm ginge.

Doch da hatte er die Rechnung ohne den Wirt gemacht. Er kannte mich eben nicht gut genug. Und wenn er mir die Welt zu Füßen gelegt hätte, ich wäre nicht mit ihm gegangen.

Natürlich habe ich die Sachen angenommen, warum auch nicht? Ich nahm ja niemandem etwas weg. Sicherlich hat er mein Herz erobert, gewiß wußte ich, daß er wieder fortgehen würde, dann aber hatte ich wenigstens seine Geschenke. Mittlerweile begann ich langsam zu verstehen, was Mutter für mich durchgemacht hatte. Mir war auch bewußt, daß Mutter und ich es bei ihrem neuen Mann nicht gut haben würden, wenn es auch, verglichen mit dem früheren Elend, nach Don Orlandos „Anschluß" so aussah, als sei bei uns der Wohlstand ausgebrochen. Wenn auch Mutter nicht wußte, wie ich mich angesichts all der Geschenke und des verehrten Vaters entscheiden würde, wenn sie auch stark verunsichert war und fürchtete, mich zu verlieren, wenn ich vor die entscheidende Frage gestellt wäre - ich wußte nur zu gut, was sie meinetwegen entbehrt und gelitten hatte.

Als Vater mich dann vor seiner Abreise noch ein letztes Mal fragte, ob ich mit ihm gehen wolle, wollte ich ihm nicht weh tun, aber ich ließ keinen Zweifel daran, daß ich meine Mutter nie verlassen würde. Ich liebte ihn; das hatte Mutter mir ja schließlich auch beigebracht, diesen Mann zu lieben, große Achtung vor ihm zu haben. Selbst in größter Verzweiflung sprach sie in meiner Gegenwart nie schlecht über Vater. Wenn die Kinder mich auf der Straße anhielten und „tu non hai padre, senza padre!" schimpften und ich dann nach Hause gerannt kam, war ihre Haltung bestimmt und eindeutig: „Du wirst schon sehen, mein Kind, sie alle werden sehen, was für einen wunderbaren Vater du hast. Dein Vater ist im Krieg. Dein Vater dient seinem Vaterland. Laß dich nicht unterkriegen, das sind böse Kinder, sie sind nur neidisch auf dich." Ich glaubte und wartete. Vater kam.

Vater kam nicht. Noch am Tag vor der Hochzeit wartete ich auf ihn, immer wieder Ausschau haltend, ob er nicht doch noch auftauchte. Er kam nicht. Don Orlando tobte auf dem Balkon. Wir sollten es ja nicht wagen zu heiraten. Noch sei alles rückgängig zu machen. Ansonsten müßten wir uns auf etwas gefaßt machen, er würde uns alle miteinander umlegen. Zu den zehn Jahren Knast, die er hinter sich habe, könnten seinetwegen noch zehn dazukommen. Er habe nichts mehr zu verlieren.

Den Trauungstermin in der Kirche verlegten wir auf sieben Uhr morgens, eine Zeit also, zu der die meisten Leute noch in den Federn lagen. Im engsten Familienkreis wurden Gianni und ich getraut. Ich fühlte mich mutterseelenallein auf dem langen Weg zum Altar, drehte mich immer wieder um, ob nicht im letzten Moment mein Vater doch noch eintreffen und mich zum Altar führen würde.

Am Nachmittag desselben Tages erhielten wir ein Telegramm aus Deutschland: Vater kündigte seine Ankunft an. Ich kochte vor Wut. Wozu in Dreiteufelsnamen kam er jetzt noch? Jetzt, wo ich verheiratet war. Ich hatte ihn rechtzeitig benachrichtigt, hatte nach seiner Absage die Zähne zusammengebissen, die Tränen unterdrückt und war allein zum Altar gegangen. Jetzt, wo alles vorbei war, kam er plötzlich wie der Deus ex machina.

„Was?" fragte er, als wir ihn einen Tag später am Flughafen abholten. „Du bist schon verheiratet? Macht nichts, mein Kind. Wir werden trotzdem feiern." Noch am Flughafen mietete er einen Wagen. Wir fuhren nach Catania, suchten sämtliche Cafés und Konditoreien auf und kauften alles, was wir an Süßigkeiten kriegen konnten: Marzipan, Torten, Schokolade, Bonbonnieren, Konfekt...

Bei einer Druckerei gaben wir Einladungskarten in Auftrag. Über Nacht bereiteten wir alles vor für ein rauschendes Fest, das am Sonntag stattfinden sollte. Die obere Etage im Haus der Schwiegereltern, die seit einiger Zeit zum Vermieten leerstand, wurde blankgeputzt. Vater bestellte eine Kapelle, Schwiegermutter Erminia kochte für dreißig Personen. Wir schmückten den Raum, den Tisch, den Eingang des Hauses mit Blumen, Girlanden und Konfetti. Es fehlte an nichts.

Die Gäste kamen, brachten Geschenke. War das ein Tag! Mein Herz pochte vor Freude. Vater war lebendig, strahlte glücklich - ich hätte am liebsten ihn geheiratet - nichts gegen meinen Bräutigam, nein, er war nur etwas scheu. Die Kapelle spielte, Getränke wurden eingeschenkt, die Vorspeisen, appetitlich auf Platten angerichtet, wurden aufgetragen, Berge von Früchten, Weintrauben, indische Feigen, Pfirsiche... O Gott, die Servietten fehlten! Das Tirami Su mußte in den Kühlschrank! Die Zabaione würde Vater eigenhändig zum Schluß für das Brautpaar zubereiten, mit einem ordentlichen Schuß Marsala. Trüffel müßte man jetzt haben, für den Bräutigam.

Es konnte losgehen, Vater klatschte in die Hände, bat so die Gäste zu Tisch. Doch die wichtigste Person fehlte. Mir stach es schon die ganze Zeit ins Herz, doch ich wußte, daß jeder Versuch, sie zu holen, zwecklos war. Sie würde nicht kommen. Don Orlando würde sie zusammenschlagen, wenn sie sich auch nur einen Schritt aus dem Haus wagte. Sie stand auf dem Balkon und schaute herüber zum Haus meiner Schwiegereltern, wo ich ebenfalls auf dem Balkon stand. Musik und Fröhlichkeit drangen bis hinüber zu ihr. Sie weinte, ich weinte. So viel war uns erlaubt. Mir war plötzlich nicht mehr nach Feiern zumute. All die Jahre hatte ich auf diesen einen Tag gewartet. Und jetzt das.

Gleich am nächsten Tag flog Vater zurück nach Deutschland. Sein Betrieb wartete auf ihn.

„Wie soll es mit euch weitergehen, Kinder?" fragte er uns. „Habt ihr nicht Lust, mit mir zu kommen?"

Wir überlegten nicht lange. Uns war sonnenklar, daß Giannis Einkommen in Sizilien nur für das Allernötigste reichen würde, daß wir von der Hand in den Mund leben mußten, solange er weiterhin Stein auf Stein legend, Sand mit Zement mischend, unser Brot verdienen würde.

Am 22. Oktober 1957, genau an meinem Geburtstag, kamen wir in Frankfurt an. Vater hatte ein großes Fest vorbereitet. Endlich hatte er sein Kind bei sich, das sollte gefeiert werden. Er lud seine Freunde ein, mietete ein Lokal, bestellte Musik, doch am Ende mußten sie ohne mich feiern. Ich war krank. Ich fieberte sieben Tage und sieben Nächte.

Gianni hatte inzwischen angefangen, in Vaters Betrieb zu arbeiten, unter denselben Bedingungen, unter denen auch die anderen arbeiteten. Noch gestern hatte Vater uns eine goldene Zukunft versprochen: Gianni würde im Büro arbeiten, wo es warm und sauber war. Wir würden in seinem Haus wohnen und brauchten uns um nichts zu sorgen. Alles, was er besaß, sollte auch uns gehören. Es sollte uns unter seinem väterlichen Schutz an nichts fehlen.

Mein Mann begann sehr bald, sich über die schwere und schmutzige Arbeit zu beklagen, doch hatte er keinen Mut, es Vater selbst zu sagen. Ich erinnerte mich an Vaters Wort, das er nicht gehalten hatte. Wie aber hätte ich es wagen können, ihn zur Rede zu stellen? Wir waren schließlich noch nicht lange hier, und immerhin hatten wir ein Dach über dem Kopf und genug zu essen.

Ich führte den Haushalt. Vater leitete seinen Betrieb. Die Lastwagen lieferten Zement und holten Kunststeine ab. Das Geschäft ging gut. Ich schluckte Abend für Abend die Klagen meines Mannes, tröstete ihn, er solle sich noch etwas gedulden, in einem passenden Augenblick würde ich mit Vater sprechen. Meiner Ansicht nach hatten wir die Bewährungsprobe noch nicht bestanden, nur noch ein paar Wochen... Ich hielt meinen Mund.

Gianni knüpfte in dieser Zeit schnell Kontakte zu anderen Männern, hauptsächlich zu Italienern, und ging mit ihnen nach Feierabend aus.

Anfangs fiel es mir nicht schwer, ihn gehen zu lassen. Sie waren unter Männern, und vielleicht brauchten sie das. Es focht mich nicht an, wenn sie den Mädchen nachschauten.

Mir konnte schließlich nichts passieren. Ich war hier mit meinem Mann, frisch verheiratet und heiß verliebt. Die meisten seiner Freunde mußten ohne ihre Familien hier leben. Sie wohnten in häßlichen, armseligen Firmenbaracken, arbeiteten schwer, ernährten von dem sauer verdienten Geld ihre Lieben in der Heimat und litten unter Heimweh. Sollten sie sich also ruhig ein bißchen amüsieren, meinetwegen auch mit Frauen... Meinen Mann betraf das ohnehin nicht! Er hatte das nicht nötig, und ich brauchte ihn nicht an die Leine zu binden.

In der letzten Zeit wirkte er zudem oft abgespannt und müde, mit seiner Gesundheit schien etwas nicht in Ordnung zu sein. Also ließ ich ihn, auch wenn ich gerne mit ihm zusammengewesen wäre, um unsere wenigen freien Stunden zu genießen, um zu Hause zu sitzen, um spazieren oder tanzen zu gehen.

Immer häufiger jedoch packte mich die Traurigkeit, wenn ich Abend für Abend am Fenster stand und wartete, daß er zurückkam. Ich war schwanger. Doch ich sagte nichts, wartete, tröstete mich, rührte das Bett nicht an, bis er kam. Oft wartete ich bis in die frühen Morgenstunden. Diese Morgenstunden häuften sich, besonders an Wochenenden.

Eines Nachts kam er dann mit den ersten Lippenstiftflecken an seinem schönen, weißen Hochzeitsanzug. Verschmiert, Jacke, Hemd, Hose, Unterhose, alles verschmiert.

„Na ja, Aurelia. Es war so...", sagte er, „ich habe mit einem Fräulein getanzt, wirklich, ganz harmlos. Ich versuchte, sie von mir fernzuhalten, doch sie schmiegte sich immer enger an mich. Ich glaube, das Fräulein war etwas angetrunken und ..."

„Wie kommt dann der Lippenstift an deine Unterhose, gibt es dafür auch so eine harmlose Erklärung?"

Ich weinte die ganze Nacht, seine Versuche, mich zu trösten, waren zwecklos. Er legte sich ins Bett und einen Augenblick später schnarchte er. Ich schlief erst gegen Morgen auf dem Küchenstuhl ein, doch mein Entschluß stand fest: In diesem Land würde ich nicht eine Minute länger bleiben. Die Frauen hier sind schlecht, dachte ich. Ich hatte panische Angst, meine Ehe könnte gefährdet sein. Ich kam überhaupt nicht auf die Idee, daß Gianni der Filou sein könnte, für mich waren nur die deutschen Mädchen schuld. Also nichts wie weg hier. In Sizilien war alles anders, so glaubte ich.

Am nächsten Morgen, es war ein Sonntag, suchte ich Vater auf. Völlig aufgelöst sprudelte ich meinen Schmerz heraus.

Er hatte kein Verständnis für meine Ängste. „Ich mache dieses Affentheater nicht mit", schrie er wütend. „Ihr seid gerade ein paar Wochen hier, und schon geht es los. Wie soll das denn weitergehen? Nicht mit mir! Packt eure Sachen! Noch heute bringe ich euch zum Bahnhof. Bleibt von mir aus, wo der Pfeffer wächst! Ihr seid doch noch nicht mal ein Jahr verheiratet... Wenn ihr auseinandergehen wollt, dann am besten gleich. Schick diesen Kerl weg, Aurelia! Dich werde ich selbstverständlich durchbringen, dein Kind auch, selbst wenn du fünf hättest, du bist mein Fleisch und Blut. Willst du bleiben?" Ich wollte nicht bleiben. Ich wollte sein, wo mein Mann war. Da wollte ich leben oder sterben.

„Ich liebe Gianni, Vater. Du wirst sehen, es wird alles gut werden", beteuerte ich. „Aber hier will ich nicht bleiben. Ich will nach Italien zurück. Dort wird es besser gehen mit uns. Hier sind die Frauen schlecht. In Sizilien machen sich die Frauen nicht an fremde, verheiratete Männer heran. Unsere Frauen sind doch anständig, nicht wahr, Vater?"

Nur wenige Wochen später kehrten wir in unser Dorf zurück. Einige Zeit vor unserer Abreise zog Vaters Freundin

Klara bei ihm ein. Vater war früher mit ihr befreundet gewesen, bis sie sich mit einem anderen verlobte. Ihr Verlobter starb durch einen tragischen Autounfall, und in ihrer Trauer und ihrem Schmerz suchte Klara bei Vater Trost. Da unsere Rückkehr nach Sizilien beschlossene Sache war, stand ihrem Einzug nichts im Wege. So wohnten wir dreißig Tage lang zu viert im selben Haus. Später lastete Gianni Klara die Schuld an unserem Auszug an. Sie wollte uns nicht haben, meinte er.

In Bel Passo wohnten wir bei Schwiegermutter Erminia. Tag für Tag zog Gianni auf Arbeitssuche, kam bereits gegen Mittag mit gesenktem Kopf zurück. Ersparnisse hatten wir nicht. Wir hockten zwei alten Leuten auf der Pelle. Mein Bauch wuchs und mit ihm wuchsen auch meine Ängste. In dieser Wohnung, die für uns vier so eng war wie ein Taubenschlag, konnte es nicht mehr lange gutgehen... Irgendwann würde es auch mit der Schwiegermutter Probleme geben.

Schließlich hielt ich es nicht länger aus und schrieb meinem Vater einen Brief, er solle uns zurückholen. Er antwortete, daß die Wohnverhältnisse bei ihm im Augenblick ebenfalls sehr beengt seien. Das Haus, das er baute, war noch lange nicht in bewohnbarem Zustand. Gianni mochte kommen, wenn er wieder bei ihm arbeiten wollte. Ich aber sollte mich vorerst gedulden und mit dem Baby noch eine Weile bei der Schwiegermutter ausharren. Mein Mann könnte solange auf der Couch schlafen.

Wenige Wochen vor meiner Entbindung verabschiedeten wir Gianni, und ich kam mir vor wie meine eigene Mutter, als sie meinen Vater vor zwanzig Jahren von derselben Straße aus an die Front gehen lassen mußte. Nun würde ich wie sie damals bald auch mit meinem Säugling im Schoß voller Sehnsucht auf die Briefe aus der Ferne warten. Ob es stimmt, daß sich das Schicksal der Mütter in den Töchtern wiederholt?

Bald darauf schrieb Gianni Briefe voller Hoffnung: „Kommt erst einmal hierher, meine Lieben! Du wirst sehen, Aurelia, es wird schön werden mit uns drei." Er schrieb, daß es ihm gut gehe. Klara kochte und wusch für beide. Gianni wartete sehnsüchtig darauf, uns bei sich zu haben, und malte die Zukunft in den schönsten Farben.

Als ich Archia gebar, hielt Mutter meine Hand. Gianni schmückte sein Zimmer in Deutschland mit den Fotos unserer Tochter. Vater gab im Betrieb ein Fest, die Männer betranken sich. Schwiegermutter und Mutter kümmerten sich um mich und das Baby. Mein Schwiegervater schleppte gar Taubenmilch ins Haus, damit sein erstes Enkelkind prächtig wachsen und gedeihen sollte. Mein Mann arbeitete die Woche über im Betrieb, nach Feierabend und an den Wochenenden half er meinem Vater beim Bau seines Hauses, in der Hoffnung, daß es einst auch unser Haus sein würde. Seine Briefe gaben mir Hoffnung, daß wir miteinander glücklich sein würden.

Zwar hatte ich nicht vergessen, was geschehen war, doch war ich inzwischen, auch durch Gespräche mit anderen Frauen, etwas nachsichtiger geworden. Eine Ehefrau, so hieß es damals, müsse lernen zu verzeihen, zu übersehen. Die Frau habe die Macht, den Mann an sich zu binden. Sie müsse nur vernünftig und geduldig sein und auch im Bett ihre Qualitäten zeigen: „Die Männer sind wie die Kinder. Laß ihn ruhig ein bißchen schnuppern. Laß ruhig die Leine etwas lokker. Du wirst sehen, er wird dich gegen keine andere Frau eintauschen wollen. Veranstalte keine Dramen, brich nicht in Tränen aus und mach keine Szenen. Leg einen Stein auf deinen Schmerz, wenn es sein muß. Zeige ihn nicht, sondern tu so, als hättest du nichts gesehen und weißt von nichts, sei aber immer für ihn da!"

Schwiegermutter Erminia berichtete mir von ihren Erfahrungen mit ihrem Mann, den ich immer für einen Engel auf Erden gehalten hatte. Auch andere Frauen erzählten von ihren Erlebnissen, um mir ein bißchen Weisheit und Rüstzeug mit auf den Lebensweg zu geben. Signora Nunciata, eine deftige Bäuerin, die bereits zum drittenmal verheiratet und mit allen Wassern gewaschen war, vertrat die Ansicht, daß ein Mann, der Tag für Tag nur Pralinen esse, eben mal Appetit auf eine saure Gurke kriegte. Mein Gott, wer konnte das nicht verstehen? Wenn man sich das nur klarmachte, dann brauchte man auch nicht mehr zu leiden. Wir Frauen schadeten uns nur selbst, wenn wir aus solchen Lappalien ein Drama machten: „Meine Alten, alle miteinander, die toten und die lebendigen, einer verrückter als der andere, wenn die ihre Touren kriegten, wußte ich, es ist Zeit, sie nach Catania zu schicken. Na und? Sollte ich mich etwa aufhängen?" Ich hörte aufmerksam zu, damit mir nichts entging.

Archia war inzwischen elf Monate alt. Ich war drei Tage und drei Nächte mit dem Zug unterwegs gewesen. Drei Koffer, jeder fast so groß wie ich selbst und bleischwer, standen um mich herum, als wir am Bahnhof ankamen. Archia schrie und war nicht zu beruhigen. Meine Blicke schweiften umher auf der Suche nach Gianni. Nach einer Weile entdeckte ich Vater und Klara in der Menschenmenge. Sie überreichten mir einen Blumenstrauß als Willkommensgruß, nahmen die Koffer, verloren aber kein Wort über Gianni.

„Er muß arbeiten", erklärte Vater, als ich schließlich nach ihm fragte.

„Er muß arbeiten? Ist die Arbeit wichtiger als ich? Er hat noch nicht einmal seine Tochter gesehen!" Plötzlich hatte ich panische Angst, glaubte fast, die alte Geschichte ginge weiter. Klara hatte schließlich Mitleid und schenkte mir reinen Wein ein. Gianni lag im Krankenhaus.

Ich fragte nach dem Grund, worauf mein Vater antwortete: „Bandwürmer".

Bandwürmer? Ich schluckte. Das war jedenfalls besser als das, wovor ich Angst hatte. Aber ich blieb mißtrauisch. Am nächsten Morgen stürmte ich ins Krankenhaus. Voller Sehnsucht umarmte ich ihn und fragte, wie es ihm gehe. Er hatte Herzbeschwerden, Krämpfe, Stechen in der Brust. Mit dem Herzen war nicht zu spaßen, und sein Fall war, wie die Ärzte erklärten, so ungewöhnlich, daß es monatelanger Untersuchungen, intensiver Beobachtungen und der Erprobung verschiedener Behandlungsmethoden bedurfte, bevor eine Operation ins Auge gefaßt werden konnte. Wann, das konnten die Ärzte nicht sagen, nur daß wir uns auf eine lange Zeit gefaßt machen mußten, in der Gianni nicht arbeiten und keinerlei Anstrengungen riskieren durfte. Er brauchte Ruhe und gute Pflege.

Ich war wie betäubt, meine ganze Hoffnung galt meinem Vater. Wenn er mich nur jetzt nicht im Stich ließ! Ich könnte arbeiten gehen, aber wo sollte ich währenddessen das Kind lassen? Das bißchen Deutsch, das ich bei meinem ersten Aufenthalt von Vaters Haushälterin gelernt hatte, reichte gerade für das Allernotwendigste.

Nach seiner Entlassung aus dem Krankenhaus blieb Gianni zunächst zu Hause. Mit dem Krankengeld, das er bekam, kamen wir so eben über die Runden.

Wir wohnten in der unteren Etage in Vaters Haus. Die Wohnung lag zwar separat, doch Vater und Klara konnten jederzeit rein und raus, wie sie Lust hatten. Vater kam herein, ohne anzuklopfen, selbst wenn ich mit Gianni im Bett lag.

Gianni ging es zum Glück bald besser, und er machte sich auf die Suche nach einer anderen Arbeit. Er fand eine Stelle, wo er nicht nur besser verdiente, sondern auch einen angenehmeren Job hatte als in Vaters Betrieb.

Wenn er abends nach Hause kam, ruhte er sich ein wenig aus und machte sich dann von neuem auf die Socken. Abend für Abend stand er vor den Baracken der italienischen Arbeiter und verkaufte Lebensmittel. Anfangs war er noch mit den Koffern unterwegs. Als wir dann etwas Geld gespart hatten, kauften wir uns einen Kleinbus; damit war er mobiler und verdiente schneller.

Ich hatte inzwischen als Näherin in einer Fabrik angefangen. Klara hütete das Kind. Abends, wenn ich den Haushalt erledigt hatte und Archia im Bett lag, machte ich Heimarbeit für eine Firma, bei der ich als Anschlägerin angelernt hatte. So verdiente ich gutes Geld, und es ging uns nicht schlecht. Mit Klara und Vater kamen wir einigermaßen zurecht, obwohl Vater ganz und gar nicht einverstanden war, daß sein Schwiegersohn in einem anderen Betrieb arbeitete.

„Was sollen denn die Leute sagen? Muß er denn der Knecht anderer werden? Was hat ihm gefehlt bei mir? Aber es ist ja nicht das erste Mal. Der kommt wieder zurück. Ob ich ihn dann aber noch nehme, ist eine andere Frage."

Als Vater merkte, daß wir, Mann und Frau, unerschütterlich zusammenhielten und nach und nach sogar zu etwas Geld kamen, fing er an, Unfrieden zu stiften. Als erstes verlangte er Miete für unsere Wohnung. Inzwischen war Gianni wieder im Krankenhaus, und ich wehrte mich entschieden, meinem Vater für dieses Kellerloch Miete zu zahlen.

„Gianni ist krank, und ich habe ein Kind zu versorgen. Du siehst doch, wie ich mich abrackere. Nicht einen Pfennig kriegst du von mir. Du hast mich gezeugt, als Kind habe ich in Hunger und Elend darauf gewartet, daß du kommst. Nicht eine Lira war ich dir wert. Mit tausend Versprechungen hast du uns hierher geholt, damit mein Mann in eisiger Kälte wie ein Knecht für dich arbeitet. Hat er nach Feierabend und am Wochenende mit seinem kranken Herzen an deinem Haus gebaut, damit du uns heute auf die Straße setzt? Hab wenigstens soviel Anstand und warte, bis Gianni aus dem Krankenhaus entlassen wird. Und jetzt laß mich zufrieden!"

Wir einigten uns auf fünfundvierzig Mark Miete im Monat.

Einige Zeit später hielt er uns vor, wir verbrauchten zuviel Strom, und wollte Heizkosten von uns kassieren.

Ich weigerte mich und verlangte meinerseits Geld von ihm, Startkapital. Damit könnten wir ausziehen und neu anfangen. „Überleg es dir: Entweder du gibst mir eine bestimmte Summe, und ich lasse dich in Ruhe. Oder du vergißt, was du gesagt hast. Ich zahle keine Heizkosten, und du läßt uns in Frieden." Damit setzte ich ihn vor die Tür.

Daraufhin stellte er über Nacht die Heizung ab, mitten im tiefsten Winter. Archia lag mit Fieber und Schüttelfrost im Bett. Aber ich ließ mich nicht kleinkriegen. Ich machte in der Küche den Gasherd an, hüllte mein Kind in Decken, schenkte mir einen Schnaps ein und machte meine Heimarbeit.

Schließlich kam er zur Vernunft. Er entschuldigte sich und bot mir zehntausend Mark an für einen Neuanfang. Dieser Betrag, so erklärte ich mich notariell einverstanden, würde nach seinem Tod von meinem Erbteil abgezogen. Nun konnten wir einen Umzug ins Auge fassen. Wir fanden eine günstige Eigentumswohnung. Vater unterschrieb zu meiner großen Überraschung die Bürgschaft für den Ratenzahlungsvertrag. Dafür verzieh ich ihm den ganzen Ärger.

Bald nach dem Umzug in die neue Wohnung mußte Gianni wieder ins Krankenhaus. Solange wir beide arbeiteten, schafften wir es problemlos, die Raten zu bezahlen, für den Haushalt hier und da bescheidene Anschaffungen zu machen und zu leben, bescheiden, aber menschlich.

Von Zeit zu Zeit, wenn Gianni ins Krankenhaus kam, fiel zwar sein Gehalt aus, doch dafür bekam er Krankengeld.

Was jeweils ganz wegfiel, waren die Einnahmen aus dem Wandergewerbe. Ich geriet in einen Engpaß. Vater wollte ich auf keinen Fall mehr um etwas bitten. Also erledigte ich tagsüber meine Heimarbeit, belud in der Mittagspause den VW-Bus mit Lebensmitteln aus verschiedenen Großhandelsniederlassungen, und wenn die Feierabendsirenen der Fabriken aufheulten, fuhr ich zu den Baracken. Scharen von Männern stürmten meinen Bus, rechnen konnte ich, flink war ich auch. Wie gut, daß ich im Jahr davor den Führerschein gemacht hatte! Anfangs kostete es mich ein gutes Stück Überwindung, mich als junge Frau ganz allein unter so viele Männer zu begeben. Doch ich wußte keinen anderen Ausweg. Die Ratenzahlungen warteten nicht, Gianni mußte gepflegt werden und leben mußten wir ja auch. Ich war froh, wenn ich diese Abendstunden ohne Belästigungen durch die Männer überstanden hatte. Nicht alle waren anständig. Hin und wieder fielen zweideutige Bemerkungen, die ausgehungerten Augen einiger Männer waren nicht zu übersehen.

Eines Abends bedrängte mich ein Jugoslawe, und ich schlug ihm daraufhin mit einem dicken Brotlaib ins Gesicht. Er wollte sich wütend auf mich stürzen, doch da eilten mir ein paar Landsleute zu Hilfe und verabreichten ihm eine Tracht Prügel. Meinen Mann kannte die gesamte italienische Kolonie in der Gegend. Überall, wo mir etwas zustieße, würden sie mich wie ihre eigene Tochter verteidigen. Diesmal war ich mit einem blauen Auge davon gekommen. Nach diesem Zwischenfall bat ich den Pförtner, mir zu erlauben, vor dem Tor zu verkaufen, damit ich nicht wieder belästigt wurde. Er hatte ein Einsehen.

Abends gegen acht oder neun kam ich nach Hause, holte mein Kind ab, wo ich es gerade gelassen hatte, manchmal bei meinem Vater im Büro, manchmal bei einer Nachbarin oder, wenn sie einen guten Tag hatte, bei Klara. Ich kümmerte mich um Archia und brachte sie zu Bett, duschte mich und machte mich an die Heimarbeit. Meinem Mann verschwieg ich eine ganze Weile, daß ich abends zu den Baracken fuhr, um ihn dann später, wenn er entlassen würde, damit zu überraschen, daß unsere Kunden uns erhalten geblieben waren. Die Gefahr, daß sich jemand den Platz bei den Baracken unter den Nagel riß, war groß.

Als ich bei einem Besuch im Krankenhaus merkte, welche Sorgen er sich deswegen machte, konnte ich mein Geheimnis nicht länger für mich behalten. Diesmal war er lange in der Klinik geblieben und hatte eine schwere Operation überstanden. „Es war keine leichte Sache. Wir haben um sein Leben gebangt", gestand mir der Arzt. Gianni machte sich Sorgen um unsere Existenz und unsere Zukunft. Er in seinem geschwächten Zustand und dann all die Schulden. Vielleicht hatten wir zu leichtsinnig gehandelt, als wir die Wohnung kauften? Aber wer hätte denn wissen können, daß alles so kommen würde?

„Stell dir vor, Gianni, ich habe das Wandergewerbe ganz allein weitergeführt. Es läuft blendend. Mach dir bloß darüber keine Sorgen, solange ich lebe, brauchst du..." Während ich mich verzweifelt bemühte, ihm jeden Kummer fernzuhalten, dafür vieles aufs Spiel setzte, mußte ich enttäuscht feststellen, daß er, anstatt sich zu freuen, vollkommen ausflippte. Er machte mir Vorwürfe, wie ich so etwas nur wagen könnte, ganz ohne männliche Begleitung:

„Die fallen doch über dich her wie die Geier. Ich kenne sie doch. Erzähl mir nicht, daß sie dich nicht angemacht hätten. Ich kenne meine Pappenheimer. Schluß damit. Gestern war das allerletzte Mal. Merk dir das. Nicht mit mir und nicht so! Meine Frau ist keine leichte Beute für irgendwelche Kümmeltürken."

Ich lachte lauthals und erklärte, daß die Türken, die bei

mir einkauften, die schüchternsten Männer seien, die ich je gekannt hatte. Sie redeten kaum ein Wort mit mir, lachten nur, froh wie Kinder, wenn ich meine paar Brocken Türkisch radebrechte. Gianni, du mußt mir vertrauen."

Es gelang mir, seine Bedenken zu zerstreuen. Nach seiner Entlassung begleitete er mich abends zum Fabriktor, saß auf dem Beifahrersitz und erteilte mir ein paar von seinen guten Ratschlägen, ansonsten ließ ich ihn nichts tun. Nach wie vor erledigte ich alles allein.

Inzwischen hatten die Kunden sich an mich gewöhnt. Den meisten von ihnen ging es dreckig. Mit meinen paar Brocken Spanisch, Türkisch und Serbokroatisch, die ich von ihnen aufschnappte, heiterte ich sie auf. Der menschliche Kontakt und der finanzielle Erfolg gaben mir neue Lebenskraft. Abends zählte ich meine Scheine, immer wieder. Wenn ich diese Scheine in Händen hielt, stiegen vor meinen Augen die Erinnerungen an die Kindheit auf.

Die Geldscheine flatterten langsam über meinen Kopf, wie in Zeitlupe. Ich rannte den Hügel hinunter, wollte zu Signora Maddalena, um für Mutter etwas abzuholen. Die alte Frau war nicht zu Hause. Ich klopfte an und horchte. Nichts, kein Laut. Ich drückte behutsam die Klinke herunter und trat ein, sah mich um, schüchtern und neugierig zugleich.

Wie von unheimlichen Kräften getrieben, öffnete ich eine Schublade, die ich noch nie vorher angefaßt hatte. Darin lag ein ganzer Stapel Geldscheine. Ich erstarrte. Soviel Geld hatte ich noch nie im Leben auf einem Haufen gesehen. Aurelia, nimm's dir doch, nimm's dir doch...

Ich lief ins Dorf hinunter, trommelte alle Kinder zusammen, die ich finden konnte, und wir zogen los. Ich kaufte Lutschbonbons und Ricotta, verteilte an alle, was ich für einen Schein erhielt.

Als ich nach Hause kam, stand Signora Maddalena bereits im Hauseingang und tobte.

„Was ist los, Signora?“ fragte Mutter.

„Man hat mir Geld gestohlen. Man hat mich meiner Pension beraubt!“

Mutter, die wußte, daß ich zu der Signora gegangen war, fragte mich, ob ich das Geld genommen habe. Ich schüttelte den Kopf und preßte die Lippen zusammen. Sie traute mir nicht und durchsuchte mich von Kopf bis Fuß, während Signora Maddalena in einem fort jammerte.

„Signora Aurora, mein Geld, mein Geld! Was soll ich bloß machen?“

Mutter fand, was von den Scheinen noch übrig war, in meiner Unterhose, und gab sie der Signora zurück. Als Signora Maddalena gegangen war, prügelte Mutter mich in ihrem gnadenlosen Zorn windelweich und setzte mich dann splitternackt auf die Straße.

Auf der anderen Straßenseite waren Kanalisationsarbeiten im Gange. Die Arbeiter schauten mich an, redeten laut miteinander, zeigten auf mich und lachten. Ich weinte vor Scham und Demütigung, schlug mit Fäusten gegen die Tür, sie möge aufgehen. Ich fühlte mich entsetzlich einsam und verlassen. Damals war ich acht Jahre alt.

Die Geldscheine flogen über meinen Kopf. Ich flog mit ihnen ein Stück den Berg hinunter, fröhlich, frei. Ich habe andere Kinder gesehen, die haben und kaufen konnten, was ihr Herz begehrte. Ich schaute zu, mit leeren Händen.

Wo ich Geld zu sehen bekam, zog es mich an wie ein Magnet. Ich klaute wie ein Rabe. Wenn einmal so etwas geschehen war wie mit der Pension der Signora Maddalena und du dir schwörst, das nie wieder zu tun, nie mehr zu klauen, von nun an ehrlich zu sein und zu bleiben, das glaubt dir kein Mensch. Und wenn ich eingehender darüber nachdachte, dann fand ich es nur gerecht, diejenigen zu beklauen, die meine Mutter weinen machten, ihre Kräfte raubten, sie schwer arbeiten ließen und ausbeuteten für ein Stück Brot, während sie selber im Wohlstand schwammen. Dennoch faßte ich nach der Geschichte mit Signora Maddalena den Vorsatz, ehrlich zu bleiben. So etwas wollte ich nicht noch einmal erleben. Sollte der liebe Gott die Reichen selbst zur Verantwortung ziehen.

An Feiertagen regte sich manchmal ihr Gewissen, und sie luden Mutter und mich zum Essen ein. Mutter lehnte immer ab, versicherte, uns gehe es gut. Doch schließlich ging sie doch, meinetwegen, damit ich mich auch mal sattessen konnte.

Auch ich wurde hin und wieder in die Dienste der Signora eines reichen Hauses eingespannt. Ich tat es gerne, weil es mir Freude machte, Mutter bei der Arbeit zu helfen. Ich fühlte mich dabei sehr erwachsen. Eines Morgens gab die Signora mir einen großen Schein und eine Tasche, bestellte zwei Kilo Reis in einem Laden. Reis war damals in Sizilien eine Rarität und teuer dazu. Ich legte die Stofftasche gefaltet auf meinen Kopf, den Hundertlireschein obendrauf, und übte mit ausgebreiteten Armen zu fliegen. Ich flog den Hügel hinab, bis meine Beine die Erde nicht mehr zu berühren schienen. Es war ein schönes Gefühl, fliegen zu können. Ich nahm mir vor, es auf dem Rückweg noch einmal zu versuchen.

Als ich in dem Laden ankam, nahm ich die Tasche vom Kopf. Das Geld war weg. Meinen Körper befiel abwechselnd eisige Kälte und fliegende Hitze. Ich schwitzte und zitterte gleichzeitig. Mein Kinn begann zu flattern, meine Lippen zuckten. Ich weinte aus Angst und Verzweiflung. Ich wußte, was mir bevorstand. Es war nicht Mutters Geld. Jeder wußte, daß ich klaute, keiner würde mir glauben, daß ich den Schein beim Fliegen verloren hatte.

Schließlich fand ich den Weg nach Hause und erzählte Mutter schluchzend, um Gnade bittend, wie es wirklich war. Die reiche Signora war schon dort, weil sie so lange auf mich gewartet hatte. Ich schwor Stein und Bein, daß ich die Wahrheit sagte. Niemand glaubte mir.

„Bitte, Vater. Nur für zwei Stunden. Es ist doch schon wieder acht Tage her, seit ich Gianni das letzte Mal besuchen konnte. Ich will ihn sehen, will wissen, wie es ihm geht. Die Kinder jammern mir die Ohren voll."

Es war Ostersonntag. Er hatte versprochen, mir an diesem Tag seinen Wagen zu geben, damit ich Gianni besuchen konnte, der siebzig Kilometer entfernt in einer Spezialklinik lag, und den ich seit der Operation erst einmal gesehen hatte. Meine Heimarbeit, der Einkauf für das Wandergewerbe, der Verkauf an den Abenden, der Haushalt und die beiden Kinder - auch Laura war inzwischen geboren - ließen mir keine Zeit dafür. Am Ostersonntag putzte ich die Mädchen wie zwei Schmetterlinge heraus, bevor wir uns in freudiger Erwartung auf den Weg zu meinem Vater machten. Als wir ankamen, stand er vor dem Haus und polierte seinen Schlitten. Als ich ihn fragte, wann er fertig sei, sagte er, ich solle mir keine Hoffnung machen, ich kriegte den Wagen nicht. Ich sagte nichts, fragte nicht warum, bat ihn kein zweites Mal. Leise und traurig gingen wir nach Hause. Er rief mir hinterher:

„In zwei Stunden kannst du zum Essen kommen, wenn du willst. Wir essen um eins."

Gegen Mittag machte ich mich von neuem auf den Weg zu ihm, um seine Einladung wahrzunehmen. Als wir geklingelt hatten, schaute Klara aus dem Küchenfenster, ein kräftiger Bratenduft stieg uns in die Nase.

„Was gibt's?" fragte sie. Offenbar wußte sie nichts von der Einladung.

Ich war zu stolz, um ihr den wahren Grund unseres Erscheinens zu nennen, und erzählte, wir seien spazierengegangen und wollten uns nur erkundigen, wie es ihnen gehe.

„Ich bin in Eile", sagte sie abweisend, „hab viel zu tun."

Ich schluckte, nahm die Kinder an die Hand und ging nach Hause zurück. Ich hatte nichts eingekauft, weil wir ja Gianni im Krankenhaus besuchen wollten. Die Trostlosigkeit überfiel mich. Nachdem ich die Kinder mit einem Teller Spaghetti zufriedengestellt und ins Bett gebracht hatte, öffnete ich für mich eine Flasche Wein und brütete trinkend vor mich hin. Langsam wich die Kälte aus meinem Gehirn.

Wein vertrug ich in großen Mengen, auch das verdankte ich dem Elend meiner Kindheit. Eine der positiven Auswirkungen, wie ich fand. Wenn kein Geld im Haus war und wir nichts Anständiges zu essen kriegten - Wein gab es immer. Von dem Weinberg, der uns geblieben war, ernteten wir die Trauben und preßten daraus unseren eigenen Wein. Gab es keine Milch, wärmte Mutter eine Schüssel Wein auf, tunkte das auf dem Ofen geröstete Brot hinein und fütterte mich damit. Schon als Kind hatte ich weinrote Wangen.

Ich würde weiter kämpfen. Sollte mir Vater mitsamt seiner Klara den Buckel runterrutschen. Ein reines Gewissen würde er doch nicht haben. Unermüdlich, allen Feinden und Widrigkeiten zum Trotz, würde ich, Aurelia, ihnen zeigen, welche Kräfte in mir steckten. Meine Kraft und Zähigkeit hatte ich vielleicht den bitteren Umständen früherer Zeiten zu verdanken. Damit verglichen, ging es mir heute blendend. Das Leben war lang, und trotz aller Erschütterungen würde ich doch immer wieder aufstehen. Das wußte ich.

Untergehen? Aufgeben? Niemals!

Als Kind wollte ich Ärztin werden. Ich operierte auf dem Küchentisch den Menschen ihre Därme, so daß sie nie mehr unter Verstopfung zu leiden haben würden. Später wollte ich Anwältin werden, verteidigte vor dem Spiegel ein armes Kind, das gestohlen hatte, gegen die Ungerechtigkeit der Welt. Lange Zeit konnte mich nichts von meinem Vorhaben abbringen. Danach wollte ich Lehrerin werden, und zwar genau so eine wie meine Lehrerin, denn ich liebte sie.

Mit sechs Jahren wurde ich eingeschult. Als Signora Oreste, die Lehrerin, nach einiger Zeit merkte, daß ich noch immer jeden Tag ohne Hefte, Bücher und Ranzen zur Schule kam, hängte sie mir eine Tasche um und sagte: „Daß du mir ja nicht nachläßt, mein Kind. Lerne fleißig weiter."

Das erste Schuljahr war in dem Einerlei meines engen, ärmlichen Daseins das schönste Jahr meines Lebens. Ich bekam täglich eine warme Mahlzeit, war stolz auf meine Schuluniform und auf meine Leistungen.

In der zweiten Klasse bekam ich dann Signora Valeria als Lehrerin. Weil sie eine Stupsnase und einen dichten Schnurrbart hatte und weil ihr Gesicht auch sonst dem einer Katze glich, nannten wir sie „gatto", Kater. Ich mochte sie nicht und sie mich auch nicht, weil ich immer noch meine erste Lehrerin liebte. Andere Kinder ließen sich selten oder nie dabei erwischen, ich aber wagte es, sie laut bei ihrem Spitznamen zu nennen. Das blieb natürlich nicht ungestraft: Der dünne Olivenholzstock peitschte auf meine Kehrseite.

Damit begann ein unerbittlicher Krieg zwischen Signora Valeria und mir. Bei der ersten schweren Krise lief ich zu Signora Oreste und klagte ihr mein Leid. Sie brachte mich zurück und redete mir freundlich, aber bestimmt zu, sie sei nicht mehr meine Lehrerin, sondern Signora Valeria.

Ich verstand die Welt nicht mehr. Warum konnte ich nicht bei der Lehrerin bleiben, die ich liebte? Warum zwang sie mich, bei einer anderen zu bleiben, die ich haßte? Wir alle haßten Signora Valeria.

Nach diesem Zwischenfall lernte ich bei Signora Valeria eine neue Erziehungsmethode kennen: An einer Stelle am Boden wurden trockene Kichererbsen verstreut, und ich mußte mit nackten Beinen darauf knien. Nachdem ich die Qualen dieser schmerzhaften Bestrafung mitgemacht hatte, schwänzte ich die Schule und streunte durch das Dorf.

Nach drei Tagen ging ich dann zu Signora Oreste, setzte mich morgens in aller Frühe in ihre Klasse auf meinen alten Platz. Die Schüler stürmten nach dem Klingeln in die Klasse und schließlich kam auch sie. Was würde sie sagen, wenn sie mich entdeckte?

„Aurelia", rief sie, „komm zu mir. Ist etwas passiert?"

Ich blieb stumm.

„Aurelia, hast du mir etwas zu erzählen?"

Ich schwieg.

„Ich bringe dich jetzt in deine Klasse zurück, die Stunde hat längst begonnen. Oder findest du den Weg alleine?"

Die zweite Klasse war nur zehn Schritte weiter und die Signora Gatto auch! Warum wollte sie mich nicht bei sich behalten? „Nun komm, Kind!"

Da brach die ganze aufgestaute Frustration aus mir heraus. Ich weinte herzzerbrechend und flehte sie an, mich nicht wegzuschicken.

„Aber Kind, ich darf dich nicht weiter unterrichten. Das weißt du doch. Du bist jetzt in der zweiten Klasse, und deine Lehrerin ist Signora Valeria."

„Sie ist nicht meine Lehrerin", schluchzte ich. „Außerdem lerne ich bei ihr nichts. Und sie tut mir schrecklich weh." Ich erzählte von den Kichererbsen und dem Olivenholzstock.

Signora Oreste nahm mich trotz meiner Nöte nicht auf und bot mir kein Asyl in ihrer Klasse. Sie brachte mich zurück zu Signora Gatto, wohin ich auch gehörte, wie alle übereinstimmend meinten. Sie meinten es sicher gut mit mir. Aber es war nichts zu machen, mit Strafen oder Drohungen ließ ich mich nicht bändigen. Ich wußte, ich würde wieder weglaufen.

Signora Valeria war eine hervorragende Zeichnerin, mit Vorliebe und besonderer Perfektion zeichnete sie Tiere, die ihr immer dann besonders gut gelangen, wenn sie sich schon genau überlegt hatte, wie sie das Bild einsetzen wollte. Für mich hielt sie an jenem Morgen, als Signora Oreste mich zum drittenmal nach dreitägigem Schulschwänzen in ihre Klasse zurückbrachte, das Bild eines Esels mit schrecklich großen Ohren bereit. „Asimo" stand in großen Lettern unter dem Bild. Sie hängte die Tafel auf meinen Rücken und ich mußte so, in Begleitung unseres Klassensprechers, durch die Pausenhalle, über den Schulhof und durch die Klassen wandern. Befolgte ich ihre Anweisungen strikt und ohne Widerstand, würde sie mir die Tafel nach der Pause wieder abnehmen. Sollte ich jedoch auch nur den kleinsten Versuch machen, mich zu widersetzen, so müsse ich das Bild den ganzen Tag tragen.

Nach diesem Erlebnis boykottierte ich die Schule. Das Resultat: Ich blieb sitzen. Welch ein Glück! Die Signora Gatto war ich los. Der Ärger hatte sich auch langfristig gelohnt: Signora Oreste hatte inzwischen ihre Assistenzzeit mit einer erfolgreich abgelegten Prüfung beendet und durfte somit auch höhere Schuljahre unterrichten. Wir hatten uns wieder! Ich war glücklich.

Eines Nachts hörte er ein Geschrei. Er horchte. Es kam von draußen. Er zog sich an, ging hinaus. Alle anderen schliefen. Seine Frau hielt ihren Säugling fest in den Armen und drehte sich auf die andere Seite, deckte ihr Kind sorgfältig zu und schlief weiter. Don Orlando fand ein Mädchen, halbtot, vor seiner Haustür. Kurze Zeit später kamen die Carabinieri und sperrten ihn ein. Er saß zehn Jahre. Sein jüngerer Bruder, der in seinem Haus lebte und nun der einzige Mann war, schwängerte Don Orlandos Frau. Er nahm sie, wann er wollte. Die Frau ließ es geschehen. Zehn Jahre sind eine lange Zeit, und zudem war sie nicht von seiner Unschuld überzeugt. Irgendetwas mußte der Kerl doch mit dem toten Mädchen gehabt haben. Wer konnte einem denn heutzutage schon so einfach einen Mord anhängen, wenn man nicht zumindest etwas mit der Sache zu tun hatte?

Der Bruder war jung und behandelte sie besser als Don Orlando. Mit der Zeit gewann sie den Jüngeren sogar lieb. Don Orlando vermißte sie nicht. So verlief das Leben der meisten Frauen in den Dörfern: Sie heirateten, blieben bis zum Lebensende bei ihrem Mann, weil die Ehe im Himmel geschlossen wurde. Sie schliefen mit ihm, auch wenn sie sein Gesicht nicht mehr ausstehen konnten, gebaren Kinder, weil Kinder hier zum Leben gehörten wie das Amen in der Kirche. Sie starben, weil Gott sie mehr liebte als alle anderen und sie zu sich in den Himmel nahm.

Als Don Orlando aus dem Gefängnis entlassen wurde und sein Zuhause, Weib und Kind aufsuchen wollte, erhielt er die lapidare Auskunft, es seien zehn Jahre vergangen, und die Gegebenheiten hätten sich verändert. All die Jahre hatte er auf diesen Tag gewartet. Seine Mutter hatte ihm bei ihren seltenen Besuchen frische Wäsche gebracht, aber nicht die Wahrheit. Als er dann vor seiner schwangeren Frau stand, deutete er nur auf ihren runden Bauch und fragte kurz: „Von wem?“

Sie antwortete: „Von deinem Bruder.“

Der Bruder war für einige Zeit untergetaucht. Die Leute erzählten, Don Orlando sei nicht zurechnungsfähig gewesen, nicht in der Lage, irgendein Gespräch zu führen. Wenn jemand wagte, ihn beruhigen zu wollen, schoß er wild um sich. Das ganze Dorf stand auf dem Marktplatz, vor Schreck wie gelähmt - selbst die Carabinieri wagten sich nicht an ihn heran - und wartete ab, was geschehen würde.

Don Orlando schlug erst seine Mutter zum Krüppel, schrie, daß Türen und Fenster zerbarsten. Er band seiner Frau ein Seil um den Hals wie einem Stück Vieh. Das andere Ende befestigte er an seinem Handgelenk. So bestieg er mit ihr den Bus nach Catania. Augenzeugen erzählten später, daß er seine Frau an dem Seil durch die ganze Stadt gezerrt habe. Ihre Kleider waren zerrissen, die Zunge hing ihr weit aus dem Mund, sie war nicht wiederzuerkennen, halb tot. Passanten versuchten, ihn davon abzubringen, und appellierten an sein Mitleid. Er aber ließ sich von niemandem beeindrucken, schleppte sie weiter durch Straßen und Gassen und rief: „Seht her, Leute! Seht her! So etwas habt ihr noch nie vernommen!" Und er erzählte die Geschichte wie ein Wandererzähler aus früheren Zeiten.

Lange Jahre betrat er die Insel nicht wieder, ging aufs Festland und fuhr dann von Neapel, später auch von Marseille aus zur See. Erst viele Jahre nach diesem Ereignis sahen die Menschen ihn wieder auf der Insel. Mal hob er eine Woche, einen Monat, einen Herbst lang bei der Stadt Kanalisationsgruben aus und verlegte Rohre, mal suchte er nach Wasseradern in den Tunneln unterhalb des Ätna. Nachdem die Firma pleite ging, entließ man ihn, und er nahm Gelegenheitsarbeiten an, wo und was er gerade kriegen konnte.

Der Krieg hatte dem Land viele Männer genommen. Der Krieg hatte alles zum Erliegen gebracht. Nichts lief mehr. Für die, die zurückkamen, stand nichts mehr bereit. Die Frauen hatten neben ihrer täglichen Arbeit geackert und alles, was nicht zerstört war, vor der Verwahrlosung und dem Verfall bewahrt. Überall und jeden Tag mußten wir neu anfangen.

Die Kriegsheimkehrer bildeten nun die Armee der Arbeitslosen. Zumindest mußte, wer Land besaß, nicht hungern. In unserer Gegend wuchs alles Erdenkliche, Wasser gab es genug, und die Sonne war allgegenwärtig. Die Menschen arbeiteten hart. Die Schäfer gingen von Tür zu Tür und verkauften Milch, Eier und Käse. Pistazien, Orangen und Mandeln waren Gold wert. Die Händler machten, wenn die Früchte noch am Baum waren, den Preis, je nach Qualität. Nur bei der Ernte fehlte es dann an Arbeitskräften. Die Ernte wurde nach Catania gebracht und von dort aus in die ganze Welt verkauft.

Wir jedoch besaßen kein Land, also hatten wir auch kein Geld, und alles, was man kaufen mußte, war für uns unerreichbar. Kauften andere Leute sich Schuhe, bastelte Mutter sie aus fester Pappe. Als Schleifen benutzte sie Vaters zerschnittene Krawatten, da er ohnehin nicht kommen würde. Die Schuhe hielten zwar nicht lange, aber sie waren die schicksten Sandalen der ganzen Gegend.

Auch nach seiner Rückkehr ins Dorf ging Don Orlando nicht in sein eigenes Haus zurück. Inzwischen war sein Bruder mit Don Orlandos Frau und Kindern über alle Berge. Seine Mutter war alt geworden. Ihre Kinder kümmerten sich nicht um sie, nur die Menschen aus der Nachbarschaft gaben ihr zu essen und etwas Brennmaterial. Ansonsten ging sie betteln.

Nachdem Don Orlando zu uns ins Haus gezogen war, kam sie hin und wieder, um ihren Sohn um Hilfe zu bitten. Wenn er sie sah, wurde er zu einem wilden Tier, jagte sie aus dem Haus, schrie hinter ihr her, sie solle sich nicht mehr blicken lassen. Angeblich hatte die alte Frau mit den anderen unter einer Decke gesteckt. „Wo warst du, als das alles geschah? Wieso hast du es mir verschwiegen?“ schrie er hinter ihr her. Sie flehte ihn an, Erbarmen mit ihr zu haben, sie sei alt und krank. Sie habe viel zu spät bemerkt, was passiert war, als der Bauch der Schwiegertochter immer dicker wurde. Als sie gedroht hatte, sie werde es ihm erzählen, wurde sie unter Druck gesetzt.

Ich versteckte ein Stück Brot unter meinem Pullover, lief hinter ihr her und gab es ihr. Wenn er es gesehen hätte, er hätte mich windelweich geschlagen. Mutter aber wußte es und hat geweint. Ich verstand das ja alles nicht, wußte nicht, warum. Aber daß sie arm war, das verstand ich.

Meine Mutter war schon immer sehr penibel. Mich wollte sie vorbildlich erziehen. Aus Prinzip weckte sie mich jeden Morgen um sechs Uhr, brachte mir bei, wie man Betten macht, putzte mit mir die Wohnung blank, arbeitete mit mir in der Küche. Wenn der Boden gewischt, die Teller gespült waren, hatten wir nichts mehr zu tun, und ich wünschte, ich hätte länger im Bett bleiben können.

Abends setzte sie sich neben mich auf die Treppen, lehrte mich zu flicken, zu häkeln und zu stricken, erst mit zwei Nadeln, dann mit drei, bald konnte ich mit fünf Nadeln Socken stricken. Die Sohlenteile mußten extra gestrickt werden. Wenn sie kaputt gingen, konnte man sie abtrennen und neue einsetzen. Mutter war geduldig.

Außer ihr und Don Orlando, der von Beruf Handwerker und Metzger war, gab es noch Nonno Ciccio. Er trug einen Ohrring und eine Zipfelmütze, brachte uns Nüsse mit und hatte einen Behälter mit brennender Holzkohle. An den Winterabenden sammelte er die Kinder der Umgebung bei sich im Hauseingang und erzählte ihnen unendlich viele Geschichten. Auch Lieder haben wir von ihm gelernt, andere als in der Schule. „Ringel, Ringel, Rose“ hat er mit uns gespielt: „Giro giro tondo, bello come il mondo...“

Die Straße gehörte uns, doch ich habe nie genug spielen können. Wenn Mutter mich zum Mandelknacken rief, schaute ich sehnsüchtig auf die Kinder, die spielen konnten, bis die Sonne unterging.

Wenn Stiefvater abends ins Café ging und ich mit Mutter allein war, fragte ich Mutter, was ich zu fragen hatte. Meine „Warums" wurden ihr nie zuviel, und sie antwortete immer, so gut sie es vermochte.

„Mutter, warum kriegen Frauen dicke Bäuche?"

„Es ist ein Kind darin, mein Kind. Wenn es so weit ist, wird der Bauch aufgeschnitten. So kommen die Kinder zur Welt."

„Wie kommen die Kinder denn in den Bauch?"

„Wenn junge Frauen und Männer sich küssen, mein Kind."

„Mutter, warum ist das Kleid von Graziella immer blutbefleckt?"

„Das ist nicht schlimm, mein Kind. Das kriegen alle Mädchen."

Später, als ich mit Gianni verlobt war, wir uns berührten und küßten, fand ich die Berührungen schön, und die Küsse machten mich glücklich. Immer war da aber auch die Angst, daß das alles gefährlich werden könnte. Ich hatte nur vage Vorstellungen davon, wie Kinder denn nun tatsächlich entstanden, obwohl ich hier und da Antworten auf meine Fragen über Unschuld, Blut und Kinder aufschnappte. Das erste Mal in meinem Leben sah ich einen nackten Mann, als Stiefvater sich in meiner Gegenwart entblößte und anfing, sein Organ zu streicheln. Ich lief davon.

Abends saßen die Männer in den Weinstuben und Cafés, die Frauen zu Hause. Fernsehen gab es nicht, nur Radio. Später hatte jemand in der Nachbarschaft einen Plattenspieler. Dann tanzten die Frauen mit den Frauen, Mädchen mit Mädchen, und wenn doch einmal Männer anwesend waren, so tanzten sie miteinander. Ich war bereits verliebt, und die Texte der Lieder kamen mir vor, als wären sie speziell für mich geschrieben: „Heute abend warte ich auf dich unter deinem Balkon..." und mein Liebster wartete im nächsten Haus. Vom Balkon aus winkten wir uns heimlich zu, bis Mutter mich hineinrief. Nicht einmal auf dem Balkon durfte man nach Herzenslust verweilen, obwohl es draußen warm war.

Wenn es schneite, war es dagegen furchtbar kalt. Unsere Schule hatte keine Heizung. Morgens in der Frühe sah man die Kinder in dicken Wolljacken und mit „Scaldinos", kleinen Öfchen, in der Hand zur Schule ziehen. In dem Behälter blieb die Glut der Holzkohle noch lange warm. Während des Unterrichts schob ich das Öfchen zwischen die Beine. Wenn die Finger beim Schreiben froren und sich verkrampften, wärmte ich sie an meinem Scaldino, wie das alle Kinder taten. Die Glut füllten unsere Mütter daheim aus der „Gonca", dem Feuerbehälter, um in die Scaldinos. In den Wäldern um unser Dorf herum sammelten wir das nötige Holz.

Als ich ein Jahr alt war, hatte mir mein Vater, während er auf Heimaturlaub war, ein Samtkleid geschenkt. Auf der Brust des Samtkleides schwammen zwei Entchen. Als später die Amerikaner kamen, brachten sie Zucker in Säcken aus grobem Leinen. Mutter wusch die leeren Säcke, färbte sie rot und blau und nähte mir daraus Kleider in beiden Farben. Auf das rote Kleid setzte sie blaue Taschen, auf das blaue Kleid rote. Mit den übriggebliebenen roten und blauen Streifen verlängerte sie das Samtkleid am Rocksaum und an den Ärmeln. Da der Samt nie kaputt und der Vorrat an Zuckersäcken nie zur Neige ging, verlängerte Mutter das Kleid so lange, bis ich aus dem Oberteil herauswuchs.

Am schlimmsten fand ich meine Haare. Mutter schnitt sie immer ganz gerade ab. Ich fand, daß ich bekloppt aussah, und trampelte mit den Füßen vor Wut, bis sie sie an der Seite hochsteckte und mit einer weißen Schleife schmückte. Da wir selber keinen Spiegel hatten, habe ich mich dann im Spiegelschrank der Tante betrachtet. Ich fand mich nach wie vor potthäßlich und war froh, daß wir selbst keinen Spiegel besaßen.

Später, als ich älter wurde, gefiel ich mir dann besser. Mein Körper war nicht mehr so unproportioniert, ich hatte einen makellosen Busen, und meine Hüften waren rund wie ein Globus. Wenn ich mit Mutter in die Stadt ging, saßen Männer vor den Cafés und betrachteten über ihr Kartenspiel hinweg die Frauen. Mutter ermahnte mich fortwährend, eine Frau habe die Augen niederzuschlagen und nur auf ihre eigenen Füße zu sehen.

„Bist du verrückt?" antwortete ich, „dann renne ich ja die Leute um." Als junges Mädchen wollte ich die Welt erobern, in unserem kleinen Dorf. Ich wollte nicht mit gesenktem Blick immer nur die Pflastersteine zählen. Ich rebellierte. Rechts und links von mir gab es Menschen, Schaufenster, Geschäfte, und ich sollte von alldem nichts sehen? Zu Hause hielt mir Mutter dann lange Vorträge über Moral und darüber, wie ein Mädchen zu sein habe. Ich aber hing mit allen Fasern am Leben.

Als ich in der vierten Klasse war, bekam Mutter ihr zweites Kind. Der Junge hatte in der Mitte des Rückgrats eine dicke Orange aus nacktem Fleisch. Das verursachte ihm große Schmerzen. Wir legten ihn immer nur auf den Bauch. Im Krankenhaus sagten die Ärzte, daß sein Herz gesund sei, doch werde er nie laufen können. Er war gelähmt. Ich verband die Wunde, wollte allen zeigen, daß der Junge doch noch laufen lernte. Aber mit sechs Monaten starb er. Die Ärzte sagten, er hätte höchstens bis zur Pubertät zu leben gehabt. Es sei gut, daß er tot sei. Gerne hätte ich auf den Feldern gearbeitet, um die Operationskosten zu bezahlen.

In der fünften Klasse bin ich wegen meines kranken Bruders nur selten zur Schule gegangen. Mein Abschlußzeugnis bekam ich dennoch, aber für eine weiterführende Schule reichten meine Leistungen nicht. Mädchen heiraten ja sowieso, hieß es damals.

Dann gebar Mutter Maria-Rosalia. Sie hatte blaue Augen und blonde Haare, ihre Schönheit sprach sich im ganzen Dorf herum. Mutter und Don Orlando waren nicht verheiratet, Mutter und Vater nicht geschieden. So trug meine Schwester zunächst den Namen Nero, als sei sie Vaters Tochter. Es gab ja keine Scheidung. Wollte man die Ehe eigenhändig lösen und wieder heiraten, wurde man aus der Kirche verbannt. Doch mein Vater wollte Don Orlandos Kind auf keinen Fall seinen Namen geben und erreichte gegen alle Widerstände, daß die Ehe geschieden wurde.

In den ersten Jahren habe ich Don Orlando als Vater akzeptiert, denn er hat uns etwas zu essen gebracht, als wir nichts hatten. Als er mich dann aber, teils grundlos, schlug, und mich mißbrauchte, fing ich an, ihn zu hassen. Er hockte sich auf mich, wenn er mich schlug. Einmal rettete mich die Schwiegermutter kurz vor der Ohnmacht. Sie drohte ihm, die Polizei zu rufen, wenn er sich noch einmal an mir vergriff.

Mutter griff nicht ein, weinte nur still vor sich hin, aus Angst, er könnte uns verlassen und wir ständen wieder vor dem Nichts. Arbeit gab es da unten für eine Frau nicht, nichts, was Geld einbrachte.

Maria-Rosalia hat er nie geschlagen. Später hat Mutter ihre Jüngste überallhin mitgenommen, wohin sie auch ging. Ich hütete unser Haus allein. Don Orlando wußte immer, wann ich allein war. Später merkte ich, daß er Mutter immer unter irgendeinem Vorwand wegschickte, wenn er mich „brauchte". Selbst als ich schon verheiratet war und das erste

Mal aus Deutschland zurückkam, mußte ich mich noch vor ihm in Sicherheit bringen, wenn ich in Mutters Haus war.

Ich habe es meiner Mutter bis heute nicht verziehen, daß sie sich nicht mit einem einzigen Wort oder Zeichen gegen sein schweinisches und brutales Verhalten zur Wehr gesetzt hat. Selbst wenn wir verhungert wären, wenn ich auf die Straße hätte gehen müssen, um zu betteln, selbst wenn ich mich hätte prostituieren müssen, mein Kind ließe ich nicht mißhandeln.

Don Orlando hatte inzwischen im Erdgeschoß unseres Hauses den Metzgerladen aufgemacht. Auch hier stand Mutter an seiner Seite, kassierte und arbeitete ihm zu. Dabei verschwand dann auch so mancher Hundertlireschein, den sie zur Seite schaffte. So erlebte sie zum erstenmal, was es bedeutete, eigenes Geld zu haben. Das gefiel ihr. Sie sparte für die Aussteuer von Maria-Rosalia, verwöhnte sie, kaufte ihr die schönsten Kleider. Später war der Schwester dann nichts mehr gut genug.

Mit Chiara, meiner einzigen Freundin, träumte ich vom großen Glück und der großen Liebe. Auch sie hatte ein ärmliches Zuhause, ihr Vater war Trinker und schlug seine Frau selbst im Wochenbett. Chiara war sehr schön, ich schaute sie gerne an. Neben ihr kam ich mir wie ein Aschenputtel vor. Für Chiara sind unsere Träume Wirklichkeit geworden: Sie heiratete den Sohn einer wohlhabenden Familie im Ort und ist immer noch glücklich. Chiara hat mich nicht beneidet, als ich nach Deutschland ging, ebensowenig wie die anderen Mädchen, denen es gut ging. Viele Menschen haben die Insel verlassen, andere sind ihnen nachgezogen. Aus meiner Zeit sind nur noch wenig Überlebende und ein paar Gräber geblieben. Auch Signora Oreste, meine Lehrerin, lebt nicht mehr. Vier Jahre war ich nicht in Bel Passo gewesen. Als ich dann hinfuhr, ihr meinen Mann und meine Kinder vorstellen wollte, beschrieb man mir den Weg zu ihrem Grab. Ich wollte ihr viel erzählen, auch viel Schönes, auch das, was aus mir geworden war. Ich wollte sie fragen, was sie als meine Lehrerin gedacht hatte, was aus mir werden würde. Dazu war es zu spät. Doch ich erzählte....

Es war der letzte Tag des Jahres. Wie alljährlich wollten wir mit unseren Kindern und Freunden den Jahreswechsel feiern. Ein gutes Gefühl hatte ich den ganzen Tag über nicht. Schon lange lauerte die Angst in mir, mal unterschwellig bohrend, mal stieg sie an die Oberfläche. Gianni ging immer häufiger abends weg, während ich allein unsere Bierkneipe betrieb. Zu später Stunde, wenn die letzten Gäste gegangen waren, räumte ich auf und rechnete ab, während er häufig mit einem unserer Kellner unterwegs war.

Eines Abends erzählte mir eben jener Kellner auf meine Fragen hin, daß mein Mann in der letzten Zeit mit einem jungen Mädchen ausging und ihn nicht mehr dabei haben wollte.

„Signora, haben Sie denn keine Augen im Kopf?" fragte er mich. Mein Personal achtete mich. Für die Jüngeren vor allem war ich wie eine Mutter. So hielt er es für seine Pflicht, mich zu informieren, bevor es zu spät war. Sie seien in einem Café gewesen. Am Nebentisch saßen eine Mutter und ihre Tochter. Sie hatten zunächst von Tisch zu Tisch Scherze gemacht, dann gab Gianni den beiden Damen ein Getränk aus, und bald darauf setzten sie sich zusammen an einen Tisch. Unser Kellner hatte ein Auge auf die Tochter geworfen, aber Gianni war der Chef und hatte Vorrang. Der Kellner verabschiedete sich und ging.

Ich sagte Gianni nicht, daß ich etwas wußte. Erst wollte ich selbst mehr herausfinden. So ging ich in das Café, in dem jene glückliche Begegnung stattgefunden hatte. Den Besitzer kannte ich. Er war ein Freund meines Vaters. Er bestätigte, was der Kellner erzählt hatte. Auch in andere Lokale ging ich und fragte, und überall wurde die Geschichte bestätigt. Gianni scheute sich keineswegs, sich mit seinen Freundinnen in der Öffentlichkeit zu zeigen, überall war er mit ihr gewesen. Wo ich auch hinkam, kam es mir so vor, als deuteten die Menschen mit ihren Blicken auf mich, die betrogene Ehefrau. Ich fühlte mich wie ein seltenes Tier im Zoo.

Das Mädchen war gerade so alt wie unsere Tochter Archia, knapp siebzehn Jahre.

Als ich Gianni zur Rede stellte, tat er sehr erstaunt und sagte, ich sei verrückt. Das sagte er oft, bis ich es irgendwann fast selbst glaubte. Ich war rasend eifersüchtig. Da arbeitete ich bis zur Erschöpfung, führte das Lokal und den Haushalt, kümmerte mich um die Kinder, und er trieb sich mit einem jungen Mädchen herum und ließ sich nur noch abends im Lokal blicken, um zu kassieren. Aber so einfach wollte ich mich nicht geschlagen geben.

Über Umwege fand ich schließlich Noras Adresse heraus und fuhr zu ihr. Die Mutter öffnete mir die Tür. Ich stellte mich vor.

„Ja", sagte die Frau, „er ist mit meiner Tochter befreundet. Aber ich habe darauf keinen Einfluß. Die beiden sind alt genug..."

In diesem Augenblick tauchte im Hintergrund Nora auf. Da verlor ich die Kontrolle. Irgendetwas in mir klinkte aus. Ich stürzte mich auf sie, schüttelte und beschimpfte sie mit den unflätigsten Ausdrücken, derer ich in der deutschen Sprache mächtig war. Ich drohte ihr, sie kalt zu machen, wenn sie es noch einmal wagte, sich an meinen Mann heranzumachen.

Sie stand nur da und nickte, als bedauerte sie die ganze

Angelegenheit. Daß möglicherweise die Initiative zu dieser Liaison gar nicht von ihr ausging, kam mir nicht in den Sinn. Für mich war sie die Hure und Gianni das Unschuldslamm.

Silvester feierten wir in einem Tanzcafé. Der Abend verlief ziemlich unglücklich. Jeder versuchte, die Stimmung aufzuheitern, ohne Erfolg. Als wir zu Hause ankamen, setzte Gianni uns vor der Haustür ab und fuhr weg.

Am nächsten Tag kam er zurück, legte sich ins Bett und zog sich die Decke über den Kopf. Ich rastete aus, zum zweitenmal innerhalb von vierundzwanzig Stunden, schimpfte und tobte.

Er gab keinen Ton von sich. Danach kehrte Grabesstille ein. Mehrere Tage redeten wir kein Wort miteinander. Eines Morgens verließ er das Haus, kam nicht mehr zurück, einen Tag, zwei Tage. Ich war am Ende, panisch, verzweifelt. Ich wollte ihn zurückhaben, ohne ihn, so glaubte ich, konnte ich nicht leben.

Äußerlich ging der Alltag weiter. Das Personal und die Gäste kümmerten sich nicht um meine Probleme. Aber ich fühlte mich nicht imstande, weiter auszuhalten. Ich wollte nicht mehr leben. Auch mit diesem Hintergedanken schickte ich Archia an jenem Tag ins Lokal und blieb zu Hause.

Drei Tage später wachte ich, noch etwas benommen, im Krankenhaus auf, sah mich am Tropf hängen, all die Flaschen, die Schläuche, die Medikamente und meine beiden Kinder am Bettende.

Da wurde mir bewußt, was ich getan hatte, und am liebsten wäre ich vor Scham im Boden versunken. Ich schämte mich, daß ich meiner Verantwortung meinen Kindern gegenüber nicht standgehalten hatte. Konnten sie etwas dafür, daß ihr Vater ein solcher Hurensohn war? Was hatte ich bloß angerichtet? War dieser Mensch ein solches Opfer, eine solche Zerstörung wert? Nein, niemals!

In der darauffolgenden Woche besuchte mich ein Psychologe am Krankenbett. Ich glaubte, er wolle feststellen, ob ich verrückt sei, und fühlte mich erneut gedemütigt. Ich versuchte, ihm zu erklären, daß ich den Lebensmut verloren hatte, weil ich mich von meinem Mann verraten fühlte. Von einem Mann, den ich immer noch liebte, mit dem ich durch dick und dünn gegangen war, mit dem und für den ich geackert hatte, um dessen Gesundheit ich gebangt und mit dem ich gelitten hatte, auf den ich gewartet und den ich gepflegt hatte. Und nun sollte alles umsonst gewesen sein, wegen eines siebzehnjährigen Mädchens?

Der Psychologe zweifelte keineswegs an meinem Verstand. Er beruhigte mich, gab mir Zuversicht und den Rat, meinen Vertrauensarzt aufzusuchen, wenn ich so verzweifelt sei. Ich war skeptisch. Was hätte mein Hausarzt wohl gesagt, wenn ich damit zu ihm gekommen wäre?

Vier Tage nach unserem Streit kam Gianni wieder nach Hause und fragte Archia, wo ich sei.

Archia sprang ihm beinahe ins Gesicht und beschimpfte ihn mit ihrem ganzen sizilianischen Temperament. Er schlug sie und verbot ihr, jemals wieder das Haus zu betreten.

Als ich eine Woche später entlassen wurde, war er nicht da. Es hatte sich nichts geändert. Ich haderte mit meinem Schicksal, heulte, grübelte, fluchte, erinnerte mich endlich an meinen Vorsatz, mich nicht unterkriegen zu lassen. Wenn es sein mußte, würde ich es auch ohne ihn schaffen.

Ich beauftragte schließlich einen Anwalt, Gianni schriftlich mitzuteilen, wenn er sich weiterhin nicht um seine Familie kümmerte, würde ich die Scheidung beantragen. Daraufhin kam er, welch ein Wunder, tatsächlich nach Hause zurück und erklärte, er habe die Beziehung mit Nora beendet.

Ich war unendlich erleichtert, klopfte mir insgeheim auf die Schulter: gut gemacht. Doch ich hatte mich getäuscht:

Schon nach wenigen Wochen fing alles von neuem an. Er ging zu ihr, kam wieder zurück... So ging es lange hin und her.

Ich war wegen einer Unterleibsentzündung im Krankenhaus. Als ich - gegen sechs Uhr morgens - entlassen wurde und etwa eine halbe Stunde später nach Hause kam, traute ich meinen Augen nicht. Die Wohnung war völlig auf den Kopf gestellt, auf dem Boden nasse Badetücher, Gläser, halbleere Flaschen, Zigarettenkippen, überquellende Aschenbecher, im Kamin die Asche eines soeben erloschenen Feuers, im Badezimmer fremde Waschlappen. Dann fand ich einen fremden Pullover und einen Schal mit Initialen.

Ich fragte Gianni, was das alles zu bedeuten hatte, und erfuhr schließlich, daß er mit seinem Freund und zwei minderjährigen Mädchen eine Orgie veranstaltet hatte!

An diesem Morgen schloß ich mich im Bad ein und schnitt mir die Pulsadern auf.

Ich war völlig abhängig von Gianni und seiner Liebe, so sehr, daß ich mich bis zum Äußersten von ihm demütigen ließ. Schlimmer noch: Ich ließ mich auf seine Ebene der Auseinandersetzung herunter, ging so weit, ihm systematisch nachzuspionieren, und bezahlte schließlich sogar einen Detektiv.

Sein einziger Kommentar dazu war, ich sei verrückt. Und das Schlimmste war, in gewisser Weise hatte er damit sogar recht: Ich war verrückt nach ihm, desto mehr, je stärker er sich mir entzog.

Damit mir niemand nachsagen konnte, ich sei verrückt, wollte ich von unserem Kellner, der mir als erster von der Affäre meines Mannes mit Nora erzählte, alles genau erfahren, um handfeste Beweise zu haben. Denn Gianni hatte ja immer alles abgestritten, geleugnet und behauptet, daß ich mir alles nur einbildete, krankhaft eifersüchtig und dämonisch sei. Der Kellner berichtete, was er wußte: wo sie sich trafen, welche Cafés und Restaurants sie gewöhnlich aufsuchten, usw. Dennoch: Ich brauchte Beweise. Also engagierte ich einen Detektiv, der diese Beweise liefern sollte, damit Gianni sich nicht mehr herausreden und behaupten konnte, ich jagte Hirngespinsten nach.

Am dreißigsten Januar, es war Noras Geburtstag, rief der Detektiv an. Nora und Gianni waren im Café Napoli und tranken, eng umschlungen, Champagner.

Ich nahm mir ein Taxi, ließ mich bis zur Ecke vor dem Lokal fahren, bezahlte, vergaß nicht, mir einen Beleg geben zu lassen, und stürmte, außer Atem, ins Lokal. Ohne nachzudenken, stürzte ich mich wie eine Furie mit meiner ganzen Wut und Verzweiflung auf sie. Es gab ein regelrechtes Handgemenge, bis er sie schließlich aus meinen Klauen befreite und mit ihr wegging.

Ich blieb zurück, völlig aufgelöst, und konnte mich nur langsam beruhigen. Die Eigentümer des Lokals kannten mich und versuchten, mich zu trösten.

„Seien Sie mir bitte nicht böse, aber ich wußte keinen anderen Ausweg mehr", sagte ich. Ein solcher Skandal war für ein renommiertes Lokal wie dieses ziemlich geschäftsschädigend. „Machen Sie sich keine Sorgen um das Lokal, Signora Rossi", sagte die Frau. „Gut haben Sie das gemacht, bravo! Er hat es nicht anders verdient. Wir wünschen Ihnen viel Mut, verzweifeln Sie nur nicht!" Sie wandte sich an ihren Mann, drohte ihm, wenn er ähnliche Dummheiten machte, gehe es ihm noch schlimmer. Da konnte ich fast wieder lachen. Im Grunde hatte so eine Szene ja etwas durchaus Komisches. Fehlte bloß noch das Nudelholz.

Meine Arbeit im Lokal tat mir gut und lenkte mich ein wenig ab. Wenn ich am Tresen stand, spielte ich meine Rolle als fröhliche, gutgelaunte, höfliche Signora. Das half mir über diese Zeit hinweg.

Nach diesem Abend verbrachte ich die Nächte auf dem Sofa im Wohnzimmer, während Gianni im Ehebett schnarchte. Hin und wieder suchte er das Gespräch mit mir, aber ich ließ mich nicht darauf ein. Ich ging nicht zu ihm, sprach auch nicht mit ihm. Eiszeit.

Ein Vierteljahr später erfuhr ich, daß er eine eigene Wohnung gemietet hatte, und bald darauf zog er aus. Dennoch kam er des öfteren mit der größten Selbstverständlichkeit ins Lokal. Sein Schatten verfolgte mich, wohin ich auch ging. Abends stand er vor dem Haus, um zu sehen, ob ich nach Hause kam und mit wem.

Ich muß zugeben, daß ich mir in jener Zeit auch selbst das Leben schwermachte, indem ich alles in Erfahrung zu bringen versuchte, was mit Giannis Affäre zusammenhing. Nora kam aus sehr bescheidenen Verhältnissen in einer kleinen Einzimmerwohnung. Sie hatte offenbar gerade mit Ach und Krach die Hauptschule abgeschlossen und war ohne Arbeit. Sie lebte zusammen mit ihrer Mutter und einem Amerikaner, einem schwarzen GI, von der Sozialhilfe. Mutter, Tochter und der GI teilten sich offenbar ein einziges Bett.

Als dann später Gianni zu diesem Dreiergespann stieß, scheint er den Amerikaner verdrängt zu haben. Die Leute erzählten sich, er treibe es mit Mutter und Tochter gleichzeitig.

Einmal fand ich beim Schnüffeln in Giannis Jackentasche eine Visitenkarte mit Noras Familiennamen. Das mußte ihr Vater sein. Ich fand heraus, daß er in Bayern in einem Skigebiet ein gutgehendes Hotel führte. Ich rief ihn an, erzählte ihm die ganze Geschichte und bat ihn um Hilfe. Immerhin war er Noras Vater, und ich hoffte, er würde mit ihr ein ernstes Wort reden. Doch ich hatte mich, wieder einmal, verrechnet. Statt mich zu bedauern, fragte er bloß, was mir einfiele, ihn anzurufen. Er könne mir nicht helfen. Ich solle meinen Mann besser an die Kandare nehmen. Er habe keinen

Einfluß auf seine Tochter, und wolle nichts davon wissen. Ich legte auf.

Immer wieder hatte ich zwischen den Sturm-und-Flut-Zeiten kurze Sequenzen, in denen ich glaubte, Gianni würde zurückkommen, wenn ich ihm nichts nachtrug, ihm nicht die kalte Schulter zeigte und versuchte, ihm noch eine Chance zu geben. Ich erinnerte mich an die guten Ratschläge der Frauen aus Sizilien. Vielleicht würde er letzten Endes doch bei uns bleiben, wenn er einsah, daß es sich nicht lohnte, eine Familie zu zerstören für ein bloßes Abenteuer. Es gelang mir nicht, ihn zu hassen. Ich habe mich weiterhin um meine Kinder gekümmert, meinen Haushalt versorgt, mein Geschäft geführt, während ich um Gianni kämpfte, auf seine Rückkehr hoffte und wartete.

An einem Sonntagabend fragte er mich nach dem Schlüssel für den VW-Bus. Er wollte angeblich ins Kino und versprach, den Wagen gegen neun Uhr zurückzubringen, da ich am andern Morgen damit die Frischware für den nächsten Tag einkaufen mußte. Ich gab ihm die Schlüssel, und er fuhr davon.

Damals half mir Archia hin und wieder im Lokal aus, wenn Not am Mann war, was häufig vorkam, wenn Gianni sich den Abend frei nahm. Gegen zehn Uhr war er immer noch nicht zurück. Archia mußte morgens früh zur Schule, und ich brachte sie nach Hause. Auf dem Rückweg zum Lokal fuhr ich durch die Albert-Schweitzer-Straße, wo er, wie ich in Erfahrung gebracht hatte, inzwischen ein Zimmerchen gemietet hatte, um sich ungestört mit Nora treffen zu können. Ich hatte ihm nicht erzählt, daß ich diese Adresse kannte. Der VW-Bus parkte vor dem Haus. Ich schaute nach oben und erkannte hinter einem der Fenster Gianni, der mit dem Rücken zum Fenster stand.

Er war also gar nicht im Kino. Ich parkte den Wagen unauffällig an einer dunklen Ecke, schaltete den Motor und das Licht aus, steckte mir eine Zigarette an und wartete.

Etwa zehn Minuten später kamen sie aus dem Haus, eng umschlungen, Küßchen hier, Küßchen da, und wollten in den Bus einsteigen. Ich sah rot. „Dieses Drecksluder, der werde ich´s zeigen, die wird nicht in meinen Wagen einsteigen! Das lasse ich nicht zu, das nicht!" Wieder war es nicht Gianni, sondern Nora, auf die ich losging. Ich drehte den Zündschlüssel um und legte den ersten Gang ein. Sie stieg gerade ein, das eine Bein schon im Wagen, das andere dabei, den Schritt ins Auto zu tun. Mit Vollgas fuhr ich auf sie zu und klemmte ihr Bein ein, zwischen dem VW-Bus und meinem Wagen. Sie schrie auf vor Schmerz, aber ich hatte noch nicht genug. Ich zog die Handbremse an, stieg aus und stürmte auf sie zu. Gianni rettete sie aus meinen Krallen, nahm sie in seine Arme, als wolle er eine Braut in der ersten Nacht über die Türschwelle tragen, und fragte besorgt: „Mein armes Mädchen, was hat dir diese blöde Kuh angetan? Komm, zeig mir, wo es weh tut!" Ihr Gesicht war völlig zerkratzt.

Ich war immer noch rasend vor Zorn und Ohnmacht und bebte am ganzen Körper. „Ich werde dir zeigen, wer hier die blöde Kuh ist!"

Ein paar ältere Leute, die vorbeigingen, fragten, ob wir Hilfe brauchten.

„Nein", antwortete ich barsch, „das erledige ich allein!"

Ich stieg in meinen Wagen und fuhr zurück ins Lokal. Dort band ich mir die Schürze um und arbeitete weiter, als sei nichts geschehen. Das konnte ich immer gut.

Nora wollte mich anzeigen wegen Körperverletzung, doch Gianni hinderte sie daran. Sie hat mich nicht angezeigt, obwohl ich sie in meiner Rage wirklich übel zugerichtet hatte. Eine Bekannte fragte sie, was passiert sei. Sie antwortete, eine Katze habe sie angefallen. Das mußte eine ziemlich tollwütige Katze gewesen sein.

Ich manövrierte mich selbst immer tiefer in die Sackgasse hinein. Alles, was ich mir einfallen ließ, trieb Gianni immer weiter von mir weg und in die Arme meiner Rivalin. Ich wußte nicht mehr ein noch aus. Selbst wenn er sich von Nora löste, würde er irgendwann, sehr bald, eine andere finden. Mir würden immer wieder neue Frauen im Wege stehen, sollte ich die alle verfolgen und prügeln? Langsam fing ich an nachzudenken. Frauen gab es wie Sand am Meer, und ich konnte schließlich nicht mein Leben damit verbringen, wie eine losgelassene Furie auf sie einzudreschen. Mir dämmerte, daß ich meine blinden Aggressionen auf das falsche Objekt richtete, und daß ich bei Gianni damit nur das Gegenteil erreichte von dem, was ich eigentlich wollte. Außerdem war es nur eine Frage der Zeit, bis ich selbst meinen Teil einstecken müßte. Bisher war ich buchstäblich mit einem blauen Auge davongekommen, aber wie lange würde das noch gehen? Eines Tages würde ich wegen meiner Handgreiflichkeit womöglich noch im Kittchen, oder, schlimmer noch, in der Psychiatrie landen.

Es war allerdings nicht so einfach, diese Einsichten in die Praxis umzusetzen. Giannis Liebschaften waren nicht das einzige, was mir zu schaffen machte. Darüber hinaus eskalierte in dieser Zeit seine Spielleidenschaft, die er zwar auch früher schon gepflegt hatte, allerdings ungleich gemäßigter, da er damals noch ein gewisses Verantwortungsbewußtsein gegenüber der Familie verspürte.

Als er mit Nora zusammen war, fing er jedoch an, sein ganzes Geld zu verspielen. Ich hatte mich inzwischen entschlossen, mich von ihm zu trennen, aber solange die Scheidung nicht vollzogen war, hatte ich keine Handhabe, ihn vor die Tür zu setzen. Das Geld, mit dem ich ihm seinen Anteil an unserem Haus ausbezahlt hatte, unsere Ersparnisse, die Einnahmen aus dem Lokal, die er Abend für Abend kassierte, obwohl er dort keinen Finger mehr rührte, alles verspielte er. Ich gab ihm immer wieder Geld, wenn er es verlangte, mich anschrie, mir drohte. Selten brachte ich genug Kraft und Mut auf, mich zu weigern. Er holte sich die täglichen Einnahmen, bevor ich sie in den Nachttresor einwerfen konnte. Später vertraute ich das Geld dem Personal an und sagte Gianni, es sei bereits auf der Bank. Er verfolgte mich überallhin. Einmal kam er in der Morgendämmerung nach Hause. Ich schlief oben im Ehebett. Er hatte wieder verloren und war betrunken. Er schlug im Wohnzimmer alles kurz und klein. Ich hörte den Lärm, ging die Treppen hinunter. Da saß er mit roten, glasigen Augen, sein Kopf hing vornüber. Ich fragte, was los sei, was er so früh am Morgen hier suchte und warum er nicht bei „sich zu Hause" sei.

„Mein Zuhause ist hier, Aurelia", antwortete er. Er wirkte reumütig.

„Das war einmal dein Zuhause", sagte ich abweisend, „jetzt nicht mehr. Und diese Sachen, die du kaputtgeschlagen hast, gehören mir."

Er stand plötzlich auf. „Gib mir Geld", sagte er. „Ich habe mit Zigeunern gespielt und alles verloren!"

„Tut mir leid, Gianni. Ich habe kein Geld mehr", antwortete ich entschlossen. Da zog er zu meinem Entsetzen eine Pistole aus der Jacke und schoß. Ich konnte ausweichen, die Kugel schlug in den Fernseher. Ich rannte ins Kinderzimmer. Archia und Laura hatten den Schuß gehört, sie saßen aufrecht im Bett, weinten und zitterten. Ich verrammelte die Tür. Das Telefon war unten im Flur, keine Chance, es zu erreichen. Wir warteten. Nach einer Weile hörte ich, wie er das Haus verließ und die Tür von außen zuschlug.

Ein andermal überfiel er mich eines Nachts im tiefsten Schlaf, stand an meinem Bett und drohte, mich zu erschießen, wenn ich ihm kein Geld gäbe. Ich sagte nein, zog die Decke über den Kopf und wartete auf den Schuß. Ich dachte, wenn er jetzt schießt, fliegen die ganzen Bettfedern in die Luft, und es wird aussehen, als schneie es. Er schoß nicht. Die Einnahmen vom Vorabend hatte ich leichtsinnigerweise noch in der Manteltasche. Er fand das Geld, schnappte es sich und ging weg.

Ich suchte meinen Anwalt auf und berichtete, was geschehen war. So konnte ich nicht weiterleben. Mein Mann drohte mir mitten in der Nacht mit dem Tod, schlug alles kurz und klein, nahm mir mein sauerverdientes Geld ab. Ich war ein einziges Nervenbündel.

Der Anwalt erwirkte beim Gericht eine einstweilige Verfügung. Ich tauschte das Schloß in der Haustür aus. Danach ließ ich die Scheidung in die Wege leiten und konnte eine Zeitlang wieder ruhig schlafen.

Der Friede dauerte allerdings nicht lange. Diesmal kam er ins Lokal und randalierte vor den Augen meiner Kundschaft. Er warf sämtliche Weinflaschen auf den Boden und verwüstete das Lokal, das ich schließen mußte, um wieder Ordnung zu schaffen.

Sein Neid auf meinen Erfolg und das Bewußtsein, selbst versagt zu haben, trieben ihn sichtlich zur Verzweiflung, die regelmäßig in Wut und Aggression umschlug. Er hatte alles verloren: mich, die Kinder, die familiäre Geborgenheit, das Haus, das wir jahrelang unter Mühen abbezahlt hatten, das Geschäft, das uns allen ein menschenwürdiges Leben ermöglichte, und sein Ansehen. Zu alldem mußte er feststellen, daß ich jedenfalls nach außen hin blendend ohne ihn zurechtkam. Ich war keineswegs untergegangen ohne den starken Mann im Haus, wie er mir immer prophezeit hatte. Mit seiner

Schwarzmalerei gelang es ihm nun nicht mehr, mich hilflos, klein, schwach und abhängig zu halten. Ich gab keinen Pfifferling mehr auf das, was er sagte, sondern zeigte ihm konsequent die kalte Schulter. Zwanzig Jahre lang war er nach Lust und Laune mit mir umgesprungen. Das war jetzt vorbei.

Schon Jahre vorher, als ich sah, daß ich in der Bierkneipe gut zurechtkam, schlug ich vor, mit unseren Ersparnissen ein zweites Lokal zu eröffnen. Dort konnte Gianni dann schalten und walten, wie er wollte. Wir fanden ein bescheidenes Lokal in guter Lage und ließen es umbauen und renovieren. In dieser Zeit kam des öfteren ein Bekannter von Gianni mit seiner Freundin in unsere Kneipe. Später kam sie dann alleine.

Eines Abends sagte Gianni: „Ich muß ein paar Freunde nach Hause fahren, Aurelia. Ich bin gleich wieder da." Kurz darauf ging dieses Mädchen auch. Der Kellner, ein älterer Mann, der großes Vertrauen zu mir hatte, kam zu mir und redete so aufgeregt auf mich ein, daß ich zunächst überhaupt nichts verstand und alles nur für wirres Gerede hielt.

„Ich kann es nicht mehr ansehen, wie Ihr Mann Sie hintergeht, Signora", sagte er. „Er ist nicht mit seinen Freunden weg. Merken Sie denn immer noch nichts?"

Nein, ich hatte nichts gemerkt. Nur die Blicke, die der Kellner und der Koch austauschten, waren mir aufgefallen, aber ich hatte mir nichts dabei gedacht. Ich ließ mich durch den Kellner vertreten und fuhr zu dem Schiffsrestaurant am Fluß, das mir der Kellner genannt hatte. „Sie werden Ihren Mann dort finden."

Gianni war ein Angeber. Er hat sich nie gescheut, sich mit den Mädchen in der Öffentlichkeit zu zeigen. Er hat alles erzählt, was ihm auf der Zunge lag, hat geprahlt, mit wem er unterwegs war und wo er sich vergnügte. So war es nicht besonders schwierig, seine Spuren zu verfolgen.

Doch diesmal fand ich ihn nicht. Ich suchte alle Parkplätze in der näheren Umgebung ab, aber sein Auto war nicht da. Da dämmerte es mir, daß er vielleicht im anderen Lokal sein könnte.

Das Auto stand da. Ich sah Licht in der Küche und stieg aus. Die Rolläden waren zur Hälfte heruntergelassen. Ich schaute durchs Schlüsselloch der Tür. Der Schlüssel steckte von innen. Ich stieg auf zwei Hohlblocksteine, um durch die Scheibe zu gucken. Da standen Gianni und dieses Mädchen - sie hieß Bärbel - beide splitternackt und liebten sich: Ich war wie vom Donner gerührt. Um die beiden herum nur Schutt, Betonsäcke, Steine, Baumaterial.

Ich trommelte wie wild gegen die Scheibe. Nach einer Weile kam Gianni, angekleidet, aus der Küche und brüllte mich an, was ich hier zu suchen hätte. Ich brüllte zurück, rannte durch den Bauschutt Richtung Küche und drosch auf das Mädchen ein, bis Gianni ihr zu Hilfe eilte.

Wenn ich ihm seine Schweinereien an den Kopf warf und er mich dann beschimpfte, ich sei verrückt und er werde mich ins Irrenhaus stecken, hatte ich oft Angst, eines Tages könnte er es wahrmachen. Ich malte mir aus, er würde mich entmündigen lassen, und ich würde alles verlieren. Man würde mich für unzurechnungsfähig erklären, ich dürfte das Lokal nicht mehr führen, die Kinder nicht mehr erziehen, mein Geld nicht mehr verwalten, nicht einmal mehr autofahren. Ich wußte nicht, daß das nicht so einfach war.

Zwanzig Jahre lang hatte ich Giannis Freundinnen verdroschen, und jedesmal, wenn so etwas vorgefallen war, sagte Gianni zu mir: „Weißt du Aurelia, ich bin gar nicht schuld. Die Frauen sind es, die etwas von mir wollen. Nicht ich laufe ihnen hinterher. Glaub mir, sie lassen mich nicht in Ruhe." Er selbst glaubte vor allem, er sei in den Augen anderer Männer ein Schwächling, wenn er nicht darauf einging.

„Mein Herz hängt doch nur und immer nur an dir, ich gehöre nur dir“, sagte er dann, und ich Närrin glaubte ihm jedes Wort.

Später war ich zwar erfahrener, aber ich hatte zwei Kinder und wollte ihn nicht verlieren. Warum nicht? Ich war überzeugt, daß ich ihn liebte. Ich schöpfte immer wieder Hoffnung und schenkte seinen leeren Versprechungen immer wieder Vertrauen. Es gab ja auch harmonische Phasen - zumindest glaubte ich das damals. Jetzt, im Nachhinein, bin ich sicher, daß er mich all die Jahre ständig mit anderen Frauen betrogen hat. Jetzt glaube ich nicht mehr, daß er je ohne ein Verhältnis war. Denn nicht immer war er so ungeschickt, nicht immer habe ich bemerkt, was er trieb, und nicht immer haben mir Freunde berichtet, was er machte.

Ich habe mich oft gefragt, was ihn zu anderen Frauen trieb. Mir versicherte er doch immer wieder, wenn er unter tausend Frauen zu wählen hätte, immer würde er mich wieder wählen. Das hörte und glaubte ich nur zu gern. Wir hatten gemeinsam ein Leben und eine Familie aufgebaut. Anfangs habe ich immer nachgegeben, war stets um ihn besorgt und habe ihn wie einen Pascha von hinten und vorne bedient, war ihm treu. Wahrscheinlich war das mein größter Fehler.

Als ich ihn kennenlernte, war ich sexuell völlig unerfahren. Meine Erfahrungen machte ich ausschließlich mit ihm. Die Freizügigkeit der deutschen Frauen war mir vollkommen fremd, und ich fragte mich oft, ob sie glücklicher waren als wir. Heute frage ich mich manchmal, wie es Nora wohl mit ihm geht. Ob er jetzt, in Sizilien, auch nebenbei andere Frauen hat? Auch dort haben sich die Sitten in den letzten Jahren etwas gelockert, jedenfalls für die Männer. Außerdem ist er ja auch älter geworden und damit vielleicht etwas ruhiger. Aber ob er sich wirklich verändert hat?

Wenn Gianni zu Besuch nach Deutschland kommt - er ist zweimal Großvater geworden und verrückt nach seinen Enkeln - scharwenzelt er um mich herum, will mit mir zusammen sein und mit mir ins Bett. Soll ich mich etwa geschmeichelt fühlen, daß ich seine erste Frau bin, daß ich die Mutter seiner Töchter bin, daß er den längsten Abschnitt seines Lebens mit mir verbracht hat?

Trotz allem, wenn ich an die Vergangenheit denke, fallen mir seltsamerweise meist die guten Zeiten ein, die kurzen Phasen friedvollen, harmonischen Zusammenlebens. Ich muß mich immer bewußt anstrengen, um mir die schlimmsten Zeiten vor Augen zu führen. Ich kann ihn immer noch nicht hassen, erinnere mich meist nur an seine guten Seiten, an schöne Tage, zum Beispiel an unsere Sonntage.

Morgens ging er, wie alle seine Landsleute auf der ganzen Welt, zuerst seinen Espresso unter Männern trinken. „Während du dich fertig machst, gehe ich einen Kaffee trinken." Wenn er dann nach einer Stunde zurückkam, mit einem wundervollen Rosenstrauß im Arm, war ich bereit. Er bewunderte mich und machte Komplimente: „Ich könnte dir immer wieder von neuem den Hof machen, mich jeden Tag neu in dich verlieben." Er führte mich zum Essen aus, half mir aus dem Mantel, rückte meinen Stuhl zurecht, bestellte erlesenen Wein und das köstlichste Essen. Er verführte mich nach allen Regeln der Kunst, behängte mich mit Schmuck - und betrog mich zwanzig Jahre lang mit anderen Frauen.

Sonntags, beim Frühstück, mußte er seine drei Lieben um sich haben. Ich deckte den Tisch mit Blumen und Kerzen, und wir saßen zu viert bis in die Mittagsstunden. An solchen Tagen war ich glücklich, verliebt wie ein junges Mädchen in jede Haarsträhne, jeden Finger, seinen Duft, seine Augen. Ich legte ihm seine Anzüge zurecht, seine Hemden, seine Krawatten und passende Socken dazu. Er hat mir immer und immer wieder Komplimente gemacht, und ich zweifelte nicht daran, daß er mich liebte. Gleichzeitig jedoch bangte ich, lebte ständig in Angst, betete zur Madonna, sie möge unser Glück erhalten. Wie ein Vögelchen auf einem Ast im Wind schwankte mein Seelenleben im ständigen Auf und Ab der Gefühle.

In Momenten der Verzweiflung haderte ich mit mir selbst. Die Wiederholungen zwischen meinem Vater und meinem Ehemann waren mir nicht verborgen geblieben. Gleichzeitig erwachten aber auch meine Widerstandskräfte im Unterbewußtsein und rebellierten. Hatte ich es nötig, mich hintergehen zu lassen? Warum konnte der Kerl mit mir machen, was er wollte? Warum ließ ich das zu?

Wenn Gianni merkte, daß er zu weit gegangen war, inszenierte er Versöhnungsdramen, um mein Herz wiederzugewinnen. Und ich verzieh ihm!

Wenn Vater uns in solchen Situationen erlebte, spottete er: Gianni braucht bloß zu kommen und dir ein Küßchen zu geben, schon bist du weich wie Butter." Das stimmte sicher.

Jetzt endlich, nach nicht weniger als zwanzig unbeschreiblich schmerzvollen Jahren, schaffte ich es, nein zu sagen und Schluß zu machen. Ich hatte den Punkt erreicht, an dem ich nicht mehr konnte und wollte. Trotzdem kommt es mir manchmal immer noch wie ein Wunder vor, daß ich es fertigbrachte, mich endgültig von ihm zu lösen: Gianni hatte das nie im Leben von mir erwartet, ganz verkraftet hat er es wohl bis heute nicht.

Damals sagte er: „Ich gebe dir sechs Monate, dann wirst du den Laden schließen. Du bist zu nichts fähig ohne mich, zu gar nichts."

Ich antwortete: „Vergiß nicht, daß ich immer hier gearbeitet habe, während du mit deinen Freunden unterwegs warst. Ich werde es dir zeigen: diese Kneipe mache ich nicht zu!"

Und das Lokal lief gut. Das hat er nur schwer ertragen. Er selber hatte ja nichts mehr, mußte seiner selbstverschuldeten Niederlage ins Auge blicken. Er, der sich selbst stets für den Größten hielt, aber lange Zeit aus eigener Kraft nichts zustande brachte, mußte sich schließlich eingestehen, daß ich der Motor des Ganzen war. Etwas einzusehen und zuzugeben war noch nie Giannis Stärke gewesen.

Erst Jahre später hatte er beim Spielen eine Glückssträhne und endlich auch soviel Verstand, das Geld nicht sofort wieder zu verspielen. Damit kaufte er ein kleines Lokal. Da er von Beruf Maurer war, hat er viel selbst darin umgebaut. Danach hat er noch weitere Lokale gekauft, renoviert und wieder verkauft. So hat er im Lauf der Zeit ganz beträchtliche Summen eingenommen.

Noch vor unserer Scheidung gebar Nora eine Tochter.

Eines Tages, lange bevor das Kind geboren wurde, stand er mit seinem Koffer bei mir vor der Tür.

„Was ist los? Hast du dich verlaufen?" fragte ich.

„Nein", sagte er. „Ich bin gekommen, um für immer bei dir zu bleiben."

Ich war völlig perplex. „Ich habe all die Jahre auf diesen einen Tag gewartet!" Ich fiel ihm um den Hals, weinte Freudentränen. Wir haben uns die ganze Nacht heißhungrig geliebt. Ich konnte nicht schlafen, stand früh auf, ging in die Küche und nahm mir die Bügelwäsche vor. Da rief Gianni nach mir. Als ich bei ihm saß, stotterte er herum, er müsse mir etwas gestehen.

Ich sah ihn fragend an.

„Du mußt mir helfen." Das war, weiß Gott, ein neuer Zug an ihm.

„Was ist denn? Nun sag schon, was ist los? Du bist wieder zu Hause. Ich bin glücklich, daß du da bist. Wir fangen von neuem an. Was kann es denn da so Schlimmes geben?"

„Nora ist schwanger", sagte er.

Ich erstarrte. „Dann mußt du zu ihr zurück. Das Kind wird dich brauchen. Du bist doch der Vater, oder?" Er nickte. In diesem Augenblick hätte ich mal wieder alles darum gegeben, daß er bei mir blieb. Aber er suchte nur eine Fluchtburg vor neuer Verantwortung. Ich brachte es nicht fertig, einem ungeborenen Kind den Vater zu nehmen. Er sagte, er habe versucht, Nora zu einer Abtreibung zu überreden, aber sie wollte das Kind behalten, und ohnehin sei es dafür zu spät.

„Was erwartest du? Ich kann nichts tun, es sei denn, du willst das Kind nach der Geburt zu mir bringen. Ich würde es aufziehen wie mein eigenes, das brauche ich dir nicht zu sagen. Aber mit seiner Mutter will ich nichts zu tun haben. Das Kind, das verspreche ich dir bei allen Heiligen, ist mein Kind."

Aber natürlich würdeNora nie und nimmer ihr Baby hergeben. Aus. Vorbei. Ich ging nach unten in die Küche, verbrannte mir die Finger am Bügeleisen, schmierte Zahnpasta statt Salbe auf die Brandwunde und bügelte weiter. Als ich im Kopf wieder etwas klarer wurde und meine fünf Sinne zurückkehrten, ging mir auf, was für eine Ungeheuerlichkeit es war, daß er mit einem solchen Anliegen ausgerechnet zu mir kam.

Ich ging wieder nach oben. „Steh auf, Gianni! Steh auf undverschwinde! Ich will dich hier nicht mehr sehen! Du bist alt genug, um zu wissen, wie man Kinder macht und wie man sie verhütet. Und nach allem, was du im vollen Bewußtsein angerichtet hast, kommst du zu mir und bittest mich um Hilfe! Wer gibt mir überhaupt die Sicherheit, daß du mit Nora wirklich Schluß machst? Früher oder später wirst du sie doch wiedersehen wollen, wirst als Grund das Kind anführen... Also verschwinde! Jetzt sofort!" Ich habe seinen Koffer gepackt und ihn vor die Tür gesetzt.

Wenn ich heute daran denke, daß ich ihn von seiner lebensgefährlichen Krankheit für ein anderes Glück, für sein Glück mit einer anderen, gesundgepflegt habe, da muß ich über mich selbst grinsen. All die Jahre danach hatte er keinerlei Beschwerden mehr. Er ist so gesund, als hätte man an die Stelle seines Herzens einen Stein transplantiert. Und verändert hat er sich, zumindest in meinen Augen. Was wissen schon die Leute, wie er früher war, als wir uns noch liebten wie zwei Turteltauben? Wenn ich gerecht sein will, kann ich allerdings nicht verschweigen, daß auch er sich nicht gerade leicht von mir gelöst hat. Immer wieder suchte er meine Nähe und meine Wärme. Ich habe sie ihm selten verweigert. Ich habe es immer wieder geschehen lassen, wollte es ja selbst. Und immer wieder war ich von neuem verletzt, wenn ich wahrnehmen mußte, daß er dennoch eine andere Frau vorzog.

Als er aufgehört hatte zu spielen und sein Lokal gut lief, fragte er mich, ob wir ihn nicht einmal besuchen wollten. Wir nahmen seine Einladung spontan an. Etwa eine Woche später warf ich mich in Schale, nahm meine beiden Töchter und fuhr los. Als wir ankamen, wartete er bereits vor seinem Restaurant. Küßchen hier, Küßchen da, gegenseitige Komplimente. Nachmittags tranken wir Kaffee in Giannis Restaurant, das er uns stolz vorführte. Es gefiel mir. Ich gratulierte ihm und meinte es ehrlich. Es war sehr elegant und geschmackvoll eingerichtet. Als wir unseren Kaffee tranken, kam Nora die Treppen herunter. Die Wohnung lag über dem Lokal. Da stand Gianni von unserem Tisch auf, ging ihr mit offenen Armen entgegen und fing an, eine unglaubliche Show abzuziehen:

„Mein liebes Täubchen. Wie geht es dir denn heute? Hast du überhaupt schon etwas gegessen? Soll ich etwas für dich kommen lassen?“ So ging es weiter, als hätte er sie seit Ewigkeiten ncht gesehen. Tatsache war, daß er mir seine Liebe, sein Glück, seinen Erfolg demonstrieren wollte. Ich stand auf: „Du elender Hund! Für wen machst du dieses Theater? Was willst du mir eigentlich beweisen? Lädst du mich hierher ein, um mir zu demonstrieren, was für ein treuer Ehemann du bist?“

Die Kinder versuchten, mich zu beruhigen.

„Laßt mich!“ schrie ich. „Mir schwört er doch genauso seine Liebe, sobald er bei uns ist und mit mir schlafen will. Immerhin sind wir noch verheiratet. Ich habe niemandem etwas weggenommen. Ich brauche nichts zu verheimlichen und mich schon gar nicht zu rechtfertigen. So eine Respektlosigkeit! Wenigstens euch gegenüber hätte er Format beweisen können. Ein Feigling, ein Hampelmann ist er, sonst nichts!“ Ich rauschte davon. Nora sagte kein Wort. Nach diesem Auftritt hatte ich erst einmal genug für viele Jahre.

Unsere Ferien ohne Gianni waren keine Ferien mehr, aus den Festen wurden traurige Ereignisse. Jahre hindurch saßen wir ohne ihn unter dem Weihnachtsbaum, seinen Platz nahm niemand ein. Mit den Kindern hielt er Kontakt.

Archia hatte ihm sein Verhalten und seine Entscheidung lange nicht verziehen, fand aber dann doch, daß es nicht ewig so weitergehen könne, und öffnete sich allmählich. Auch mit zunehmendem Alter stand sie den Dingen anders gegenüber.

Laura war noch klein gewesen, als es mit unserer Beziehung bergab ging. Sie hat die Auseinandersetzungen nicht verstanden, auch nicht, daß ihr Vater uns verließ. Doch sie fragte nicht, sondern zog sich zurück, wurde eher eine Einzelgängerin. Sie verkraftete die Trennung von ihrem Vater am schlechtesten. In der Schule hatte sie permanent Probleme. Ich besorgte ihr laufend Nachhilfeunterricht. Ich wollte nicht, daß ihr etwas fehlte, wollte ihr Vater und Mutter zugleich sein, verwöhnte sie über alle Maßen. Aber ich konnte machen, was ich wollte, der Vater fehlte beiden.

Dann begann eine schwierige Zeit mit Laura, die sich als Heranwachsende nichts mehr von mir sagen ließ. Ich mußte mich meist um das Lokal kümmern, konnte nicht immer kontrollieren, wohin Laura ging, mit wem sie sich traf, was sie tat. Sie wünschte sich ein Motorrad. Ich kaufte ihr eins, obwohl ich strikt dagegen war. Den Kindern gehörte all meine Liebe, aber eine Autoritätsperson wie ihr Vater war ich nie für sie. Gianni hat Archia früher alles verboten, was ich Laura später erlaubt habe. Archia hätte nie im Leben davon zu träumen gewagt, in eine Diskothek zu gehen, Laura ging wie selbstverständlich.

Als Laura später ihren Vater häufiger traf, da war er plötzlich der liebste Vater auf Erden für sie, obwohl er nie für sie gesorgt hat und auch nicht für sie bezahlen wollte. Auch dieses Phänomen kannte ich aus meiner eigenen Kindheit. Vor Gericht hatte Gianni vor allen Leuten sein Hemd geöffnet und den Richtern die Narbe von der Herzoperation gezeigt und geschworen, er sei finanziell am Ende. Daß dem Richter nicht vor Rührung die Tränen kamen, war alles. Wie ein schwaches Waschweib stand Gianni im Gerichtssaal und flennte. Ich hätte ihm ins Gesicht spucken mögen, aber ich sagte nur verächtlich: „Spar dir die Komödie, Gianni. Ich will nichts von dir. Ich verzichte auf dein Geld."

Archia arbeitete zeitweise bei mir im Lokal, bis sie, nach der Ausbildung, ihr eigenes Geld verdiente. Sie heiratete Marcello, einen lieben Kerl. Heute haben sie eine Tochter, Elettra, und sind sehr glücklich.

Es war Weihnachten. Archia und Laura riefen bei ihrem Onkel an, um ein frohes Fest zu wünschen. Gianni war gerade bei ihm. Er fragte, wo sie Weihnachten verbrachten.

Sie antworteten, sie seien bei mir. „Willst du nicht kommen, Papa?“ fragten sie ihn.

„Na, dann kocht schon mal Kaffee!“

Wir hatten uns lange Zeit nicht gesehen. Mir pochte wieder das Herz. Wie würden wir uns begegnen, was würde er sagen, was würde ich tun und antworten?

Er kam und brachte seine jüngste Tochter mit. Nora hatte ihr erklärt, Archia und Laura seien ihre Schwestern. Sie kannte die beiden schon, mich jedoch nicht. Scheu war sie. Ich bot ihr einen Platz an, aber sie wollte nichts essen. Sie spielte mit Elettra. Ich war versöhnlich gestimmt. Die Kleine war zwar nicht sehr freundlich zu mir, aber ich wollte die Vergangenheit gerne begraben. Warum sollte noch mehr böses Blut zwischen uns fließen? Es würde immer wieder Anlässe geben zusammenzukommen, solange wir gemeinsame Kinder und auch Enkelkinder hatten. Ich kann Gianni nicht hassen, gleichgültig, was geschehen ist.

Er hat es zwar nie fertiggebracht, sich bei mir zu entschuldigen, aber Laura gegenüber hat er neulich gestanden, daß er viele Fehler gemacht habe. Drei Jahre habe ich nach unserer Scheidung getrauert, gewartet habe ich nicht mehr auf ihn. Irgendwann fand ich meinen inneren Frieden wieder, und damit auch neue Kraft zum Leben. Die jahrelange Angst, er könne plötzlich betrunken auftauchen, mich aus dem Schlaf reißen, mit der Pistole bedrohen, hatte mich sehr angegriffen. Ich war müde von dem ständigen Zermürbungskrieg der letzten Jahre. Ich war es leid, nachts schlaflos dazuliegen, immer wieder auf die Uhr zu schauen, morgens mit verquollenen Augen ins Lokal zu kommen... All das war auf einmal vorbei. Ich konnte wieder ruhig schlafen.

Als ich eines Morgens aufwachte, begann ein sonderbar frischer, federleichter Tag. Die Sonne schien strahlend ins Schlafzimmer - ich ziehe nie die Vorhänge zu - dann, in den Garten schauend, nahm ich erstmals bewußt die Pracht der blühenden Fliederbüsche wahr. Sogar mein Frühstücksei gelang mir, und nach dem Baden schmerzten die Hühneraugen nicht mehr. Mein Gesicht war mein Gesicht wie immer, und auch sonst waren alle Organe an ihrem Platz wie gestern und auch vorgestern. Doch irgendetwas war anders.

Nachdem ich mein Ei gegessen, die erste Tasse Kaffee getrunken und die erste Zigarette angezündet hatte, klingelte das Telefon.

Eine angenehme Männerstimme sagte: „Signora Rossi, ich bin es, Raffaele. Ich habe mir Ihr Angebot durch den Kopf gehen lassen und mich entschlossen, die Arbeit anzunehmen. Diese Woche habe ich noch einen Auftrag zu Ende zu führen, aber am Montag nächster Woche könnte ich anfangen, wenn es Ihnen recht ist. Am Freitagabend davor komme ich ins Lokal, um alles weitere zu besprechen. Signora, Signora, sind Sie noch da?"

Ja, ich war da und freute mich auf mein Vorhaben, meine Umgebung auszumisten. Die Zeit war reif für ein Großreinemachen in meiner Umgebung, Haus, Lokal... Vieles war verrottet, verstaubt, veraltet. Ich war bereit für einen Neuanfang, da wollte ich auch meine Umgebung neu gestalten, nach meinen Vorstellungen. Ich wußte von meinem Vertreter, daß Raffaele Lume ein guter Handwerker war. Das Gespräch, die Ideen und Vorschläge für die Renovierung des Lokals, den Umbau und die Neugestaltung des Innenraumes gefielen mir. Ich gab ihm den Auftrag. Schließlich verbrachte ich die meisten Stunden meines Lebens in diesem Lokal, und ich wünschte mir eine angenehme Atmosphäre. Der Anblick des Ganzen sollte meinen Augen und meiner Seele wohltun. Die Zeit der Trauer war vorbei und sollte nie mehr wiederkehren.

Während Raffaele mit seiner Mannschaft im Lokal arbeitete, kam ich jeden Tag, um zu sehen, was sich seit dem Vortag verändert hatte. Raffaeles Gegenwart war mir mehr als angenehm. Er seinerseits ließ keine Gelegenheit aus, mir zu zeigen, daß er meine Nähe suchte. Er überschüttete mich mit Komplimenten. Je mehr er mich begehrte, desto sorgfältiger machte ich mich am nächsten Tag zurecht. Es beglückte mich, nach einer langen Pause wieder zu erleben, daß ich einem Mann gefiel, daß er Dinge an mir wahrnahm, die ich selbst noch nicht entdeckt hatte. Er hörte mir aufmerksam zu und gab mir mein verlorengegangenes Selbstwertgefühl liebevoll Stück für Stück zurück. Er begehrte mich nicht nur als Frau, sondern achtete auch meine Arbeit, liebte meine Courage und alles, was mich, Aurelia Rossi, ausmachte. Das hatte ich bisher nicht gekannt.

Als er mich zum erstenmal abends zum Essen einlud, da wußte ich bereits, daß auch er mir nicht gleichgültig war. Wir vertieften uns in unseren Gesprächen in den kurzen Abendstunden in die jahrhundertealte Geschichte menschlichen Daseins, gruben sie aus und ließen aus den Fossilien neues, wunderbares Leben entstehen, verwoben mit Hoffnung, Liebe und Zärtlichkeit. Die Abendstunden waren immer zu kurz für ein solches Unternehmen. Das Lokal war einen Monat später, bei der Neueröffnung, nicht mehr wiederzuerkennen. Raffaele hatte sich selbst und die Grenzen meiner Vorstellungskraft übertroffen.

Im Anschluß an die Arbeit im Lokal kam der nächste Schritt: meine Wohnung. Ich bat ihn um Ideen, die er in Hülle und Fülle produzierte. Während er die Wohnung völlig auf den Kopf stellte, orientalische Bögen als Eingänge zu den Zimmern baute, die Treppen mit Messinggeländern schmückte, den Wänden einen ungewöhnlichen Putz verpaßte, die Küche kachelte, das Schlafzimmer in ein anheimelndes Liebesnest verwandelte, die gesamte Beleuchtung neu anlegte, für eine neue Einrichtung mit mir zusammen passende Gegenstände heranschaffte, im Garten Rosenstöcke anpflanzte, Gartenmöbel für die Terrasse besorgte, auf denen Körper und Seele ausruhen konnten, war ich ständig in seiner Nähe. Er stöhnte nie, redete nie von seinen Sorgen - davon hatte auch er genug - sondern war beseelt von einem unausrottbaren Optimismus. Er überschüttete mich mit Liebe.

Irgendwann waren diese wunderbaren Tage des Neuaufbaus zu Ende. Alles an Einrichtungs- und Gebrauchsgegenständen, was noch aus der Zeit mit Gianni übriggeblieben war, verschenkte ich, brachte es zum Sperrmüll oder warf es einfach weg. Jedes einzelne Glas, aus dem mein Mann getrunken hatte, jeden einzelnen Löffel, den er zum Mund geführt hatte, jedes Nachthemd, das seinen Körper berührt haben könnte, schaffte ich weg. Dennoch blieb etwas zurück, was ich nicht verschwinden lassen konnte: meine Erinnerungen.

Raffaele war Vater von drei Kindern und der Ernährer der Familie. Dennoch entschloß er sich, eineinhalb Jahre, nachdem wir uns kennengelernt hatten, zu mir zu ziehen, da seine Ehe nicht zuletzt durch unsere Beziehung für alle Beteiligten unerträglich geworden war.

Einmal, er war gerade von der Arbeit gekommen, ich hatte gekocht und den Tisch wie immer feierlich gedeckt, klingelte es an der Tür.

Ich fragte erst hinter der verschlossenen Tür, wer da sei,

und eine Frauenstimme schrie: „Rücken Sie sofort meinen Mann raus!“ Sie schimpfte, brüllte, trommelte gegen die Tür, trampelte auf den Boden, weinte und schrie immer wieder, ich solle ihren Mann hergeben. Ich machte die Tür nicht auf. Als sie sah, daß wir nicht reagierten, setzte sie sich auf mein vor der Haustür geparktes Auto und wartete.

Inzwischen hatte sich Raffaele angezogen und ging zu ihr hinaus. Ich blieb an meiner Haustür stehen. Es gab ein langes Wortgefecht zwischen den beiden. Sie verlangte, er solle seine Sachen nehmen und zu ihr und den Kindern zurückkommen.

Er antwortete, sein Platz sei jetzt hier, an meiner Seite, sie müsse allein nach Hause gehen. Nach langen Auseinandersetzungen auf der Straße, Schreien und Schimpfen, sagte er entschieden: „Du kannst schreien, solange du willst. Ich komme nicht mehr nach Hause!“

Sie kapitulierte und ging, er blieb bei mir.

Für mich jedoch war die Sache damit keineswegs aus der Welt geschafft. Zusammen mit ihm, aber auch in einsamen Selbstgesprächen, versuchte ich, die Situation, in die uns unsere Beziehung gebracht hatte, zu überdenken. Meinen moralischen Vorstellungen entsprechend fand ich mein Verhalten abscheulich. Ich war traurig. Genau wie diese Frau hatte ich doch selbst jahrelang gelitten; jetzt war ich es, die einer anderen dasselbe Leid zufügte.

Raffaele versuchte, mein Gewissen zu beruhigen, indem er schwor, er habe seine Frau nie geliebt. „Ich bin Neapolitaner“, sagte er, „wenn du dort einer Frau die Unschuld nimmst, mußt du sie heiraten.“ Ansonsten hätte die Sache für ihn ein gefährliches Ende genommen. In Neapel waren die Sitten eben anders als woanders. „Wir müssen jetzt an uns denken, Aurelia. Ich lasse sie schon nicht verhungern, sie nicht und meine Kinder auch nicht. Aber auch ich habe Anspruch auf Liebe und Glück, auf ein Leben nach meinen Vorstellungen."

Wir machten Pläne für unsere Zukunft, für unser gemeinsames Leben. Dazu gehörte auch ein gemeinsames Unternehmen, eine neue Pizzeria, aus deren Erträgen wir beide unseren Lebensunterhalt bestreiten wollten. Er würde sein Gehalt, das er bei der Firma verdiente, für den Unterhalt seiner Familie brauchen, ich sollte die Einnahmen aus meinem Lokal für meine Kinder verwenden. Die Pizzeria würde uns beiden ein bescheidenes aber schönes Leben ermöglichen.

Leben wollten wir, leben. Wir hatten so vieles vor.

So begann Raffaele mit großer Hingabe, das Lokal umzubauen, zu renovieren und einzurichten. Schließlich war es so weit: Wir konnten eröffnen. Wir tauften es „Pizzeria D'Amore".

Die finanzielle Verantwortung trug ich allein. Ich habe alle Verträge selbst unterschrieben. So hatte ich es gewollt. Ich dachte, wenn es mit unserer Beziehung irgendwann nicht mehr klappen sollte, dann würde ich ihn ausbezahlen und das Restaurant behalten. Wir waren nicht verheiratet, eine Garantie dafür, daß es nicht schiefgehen könnte, hatten wir beide nicht. Ich aber wollte dabei noch die Schlaue sein.

Doch es kam anders. Das Geschäft stand von Anfang an unter einem ungünstigen Stern. Unsere Einnahmen deckten nicht einmal die täglichen Kosten. Wir verschuldeten uns immer mehr, die Schulden blieben an mir hängen. Er konnte und wollte sich nicht daran beteiligen. Ich geriet immer tiefer in die roten Zahlen. Der hohe Pachtzins, der Einkauf, das Personal mußten bezahlt werden. Raffaeles Mutter hat in der Pizzeria gekocht, wenn sie längere Zeit zu Besuch da war. Sein Bruder arbeitete als Pizzabäcker. Ich war nicht dagegen, daß die Pizzeria zu einem Familienbetrieb wurde, im Gegenteil, es beruhigte mich, daß eine gestandene und erfahrene

Frau wie seine Mutter das Lokal in der Hand hatte. Sie mochte mich, ahnte sogar, daß die Verbindung zwischen Raffaele und mir mehr war als nur eine geschäftliche Partnerschaft.

„Nicht wahr", sagte sie zu ihrem Sohn, „du willst mich nicht nach Hause fahren, weil du noch mit deiner Freundin ausgehen willst!"

Das alles half mir jedoch wenig. Auch seine Liebe, die er mir immer wieder beteuerte, nutzte mir wenig bei dem Bemühen, von meinem Schuldenberg herunterzukommen. Im Gegenteil, ich sah die Gefahr auf mich zukommen, auch noch mein eigenes Lokal und meine Wohnung zu verlieren. Die Gerichtsvollzieher kamen und nahmen mir alles weg. Raffaele rechtfertigte sein unsolidarisches Verhalten damit, daß auch seine Geschäfte schlecht gingen. Ich hatte nicht einmal mehr Geld, um mir ein Kleid zu kaufen, weil ich jeden Morgen den Gerichtsvollzieher von den Einnahmen meiner Bierkneipe bezahlen mußte.

„Soll ich auf der Straße betteln gehen?" fragte ich ihn. Mit der Zeit reichte die Kraft unserer Liebe nicht mehr aus, die Differenzen zu überbrücken. Er hielt sich von mir und meinen Sorgen fern. Ich sollte die Suppe, die wir uns immerhin zusammen eingebrockt hatten, nun auslöffeln. Er ließ mich mit meiner Pleite allein. Und all die Träume von schöneren Zeiten? Was wir bis dahin erlebt hatten, sollte von nun an der Vergangenheit angehören. Eine gemeinsame Zukunft mit ihm gab es nicht, nicht mehr, so nicht.

Glücklich war ich mit ihm in Venedig, in Florenz, auf Ischia gewesen. Die ganze Welt konnte uns gestohlen bleiben. Wir lachten so viel, daß wir uns wunderten, daß so viel Lachen überhaupt möglich war. Wir lachten, wenn die Leute überall die Hand aufhielten: Stiegen wir aus der Gondel aus, hielt der Gondoliere die Hand auf, der Hotelier, die Kellner...

alle wollten sie was haben. Dann hat gar der Himmel sich erschrocken, als wir auf dem Markusplatz für zwei Limonaden, ich weiß nicht mehr wieviel tausend Lire bezahlt haben und über unsere Dummheit laut lachen mußten, uns umdrehten, die Tauben verscheuchten, voneinander Fotos machten, in unmöglichen Posen, mit den verrücktesten Mienen, wir spielten das Leben und waren glücklich. Die Leute, die uns beobachteten, sagten nichts, aber wir wußten, sie waren mit uns froh.

Wir fuhren nach San Mauro di Mare, danach in die Gegend, in der Raffaele aufgewachsen war. „Du wirst sehen, Liebling, dort sind die Leute unerhört freundlich!"

Sagte ich nicht, daß von dem ganzen Scherbenhaufen meiner Ehe mit Gianni die Erinnerungen geblieben sind? Ich dachte an meine Reisen mit meinem Mann, an die allererste überhaupt, nachdem wir schon seit vier Jahren in Deutschland lebten. Archia war vier Jahre alt. Damals waren die Autobahnen in Italien noch nicht so gut ausgebaut wie heute. Wir hatten einen kleinen DKW, einen Zweitakter. Sobald wir etwas zügiger fuhren, selbst auf den Landstraßen, kochte er, so daß wir immer wieder anhalten mußten. Einmal, das Kind und auch wir waren müde geworden, sahen wir bei Alto Adige im Trentino Lichter in einem alten Bauernhof, hielten an und fragten, ob Zimmer frei seien.

„Si, Signore, molte camere, molte camere", antworteten sie und zerrten uns buchstäblich ins Haus, mitten hinein in eine fröhliche Gesellschaft. Sie feierten, aßen und tranken und luden uns ein, zuzugreifen und mitzumachen. Es waren ungefähr sechzig Leute da und es gab gekochten Fisch mit Butterbohnen, Parmesan und selbstgemachten Wein. Wir feierten mit, als gehörten wir schon immer dazu. Zu später Stunde zogen wir uns dann zum Schlafen zurück. Die Leute feierten mit Frauen und Kindern weiter, sangen, mal fröhlich, mal traurig und wieder fröhlich: „E noi che figli siamo, beviamo, beviamo“, was so viel bedeutet wie „Trink, Brüderlein, trink!“

Wir sangen und tanzten oben im Schlafzimmer mit. An Schlaf war nicht mehr zu denken. Das Gelächter wurde immer lauter, die Fröhlichkeit immer ansteckender. Wir waren hundemüde von der langen Autofahrt auf den Landstraßen, aber die Feier unten wollte kein Ende nehmen. Gianni zerrte mich ins Bett: „Komm, mein Schatz, wenn wir schon bei diesem Lärm nicht schlafen können, dann lieben wir uns wenigstens.“

Mit Raffaele war zwar die Strecke dieselbe, aber die Reise ganz anders. Sie war trotz aller Unbekümmertheit überschattet von meiner Vergangenheit und begleitet von schlechtem Gewissen. Raffaeles Frau wußte, daß wir zusammen verreisten. Ich stellte mir immer wieder vor, wie ich gelitten hatte, wie ich mir zweimal das Leben nehmen wollte, als sich mein Mann einer anderen zugewandt hatte. Nun tat ich dasselbe einem Menschen an: einer Frau, die dazu noch aus meinem Land kam! Weil ich so lebens- und liebeshungrig war, ließ ich sie in Schmerz und Kummer leiden. Gleichzeitig genoß ich jene Augenblicke, jede zärtliche Berührung, jede Erinnerung im Gedächtnis Tag für Tag wiederholend. Von Italien hatte ich bis dahin nicht viel gewußt. Mit Gianni waren wir immer schnurstracks nach Hause gefahren und nach knapp drei Wochen ebenfalls auf direktem Wege wieder zurückgekommen. Nie war Zeit, mal eine Stadt zu besichtigen, mal nach rechts und links zu gucken. Die Arbeit, die alltägliche Hektik und die Sorgen warteten in Deutschland auf uns.

Raffaele dagegen liebte die Kunst, historische Architektur und die Bildhauerei. Er besuchte Museen mit mir, erklärte mir Bilder verschiedener Maler aus mehreren Epochen. Ich entdeckte in mir ebenfalls eine Schwäche für Kunst und Kultur und konnte mich an all diesen Kostbarkeiten nicht sattsehen. Ich war begeistert.

Dann fuhren wir nach San Angelo in der Campania, wo Raffaele zu Hause war. Auch er war am Fuß eines Vulkans geboren und aufgewachsen, mit den Launen und Stimmungen eines Berges, der mit seinen Ausbrüchen alles Erbaute zerstörte, wie er mir erzählte. Beim letzten Erdbeben war nur die Kirche übriggeblieben. Die Menschen erbauten jedoch immer wieder neue Städte, mühsam richteten sie ihr Leben wieder neu ein. Die Kirche wurde zum Wallfahrtsort.

Auch dort wurden wir von Raffaeles Freunden mit großer Herzlichkeit empfangen, die uns die leckersten Spezialitäten der Gegend auftischten. Seine Familie wollte er allerdings nicht mit mir zusammen besuchen. Er hielt es für klüger, den Leuten kein Futter für ihren Tratsch zu geben, vorerst jedenfalls nicht, vielleicht später. Vielleicht würde sich unser Leben ja in eine völlig andere Richtung wenden, wer wußte das schon? Seine Mutter und einer seiner Brüder kannten mich bereits aus unserem gemeinsamen Lokal. Vor allem wollte er mir alles Unangenehme ersparen. Kein Staubkorn, kein Schatten auf unser Glück!

Als ich Raffaele kennenlernte, war er eher bäuerlich. Aber er war intelligent und aufnahmebereit und wußte alles, was man ihn lehrte, zu schätzen. Ich brachte ihm bei, wie man sich in der Öffentlichkeit bewegte und wie er sich kleiden sollte, Dinge, die Gianni anscheinend mit der Muttermilch aufgesogen hatte.

Raffaele gab sein ganzes Geld seiner Familie. Ich mußte ihm zureden, sich auch selbst mal etwas zu gönnen. Er arbeitete hart, außerdem war er Unternehmer. Seine Erscheinung konnte positive oder negative Auswirkungen für seine Geschäfte haben: „Du kannst doch nicht in Jeans und Turnschuhen deinen Geschäftspartnern, Vertretern angesehener Firmen, gegenübertreten." Jeans waren für mich das Letzte. So paßte er sich meinem Geschmack an, wußte aber wohl auch, was für ihn von Vorteil war.

Kurzum, es war eine ziemlich ausgewogene Beziehung, in der sich keiner untergebuttert fühlte. Ich gab meist die Impulse, aber wir besprachen alles und entschieden gemeinsam. Streit? Hatten wir nie. Auch nicht, als meine Eifersucht mir Höllenqualen bereitete. Ich war eifersüchtig auf seine Frau, auch auf andere Frauen, überhaupt auf alle weiblichen Wesen in seiner Nähe.

Einmal hatte er mich betrogen. In der Pizzeria D´Amore saß häufig ein Mädchen allein. Raffaele war ja ständig dort. Einmal, zweimal, dreimal, schließlich sah ich sie immer dort, wenn ich ihn abholen kam. Manchmal kam ich jetzt auch unangemeldet, als wolle ich nur nach dem Rechten sehen. Mich packte die Unruhe. Schließlich streckte ich wieder meine Detektivfühler aus und stellte am Kilometerstand des Tachos an seinem Wagen fest, daß er mich betrogen haben mußte. Ich stellte ihn zur Rede, und er gestand.

„Du also auch."

Da ich handfeste Argumente hatte, konnte er nicht lange leugnen und ließ die Katze aus dem Sack: „Jawohl, ich bin mit ihr gegangen, weil ich in der letzten Zeit von dir den Eindruck habe, daß du mich gar nicht mehr wahrnimmst. Vielleicht wollte ich bei diesem Mädchen dieses Gefühl zurückgewinnen. Wenn mein Eindruck aber falsch ist, dann verspreche ich dir, daß so etwas nie mehr vorkommen wird. Das war das erste und das letzte Mal." Er sah, wie ich darunter litt, konnte es nicht ertragen, mich weinen zu sehen. „Bitte, weine nicht, meine Liebste. Es wird nicht wieder vorkommen!"

Was waren das für Worte? War es überhaupt möglich,

daß ein Mann so sprach? Was hatte Gianni in mir alles zerstört? Wie konnte ich das damals alles zulassen?

Ansonsten war die Zeit mit Raffaele gekennzeichnet von fast unbekümmertem Glück. In meinem Lokal arbeitete inzwischen mein Schwiegersohn Marcello, der dieses Metier fabelhaft beherrschte. Ich hatte in beiden Lokalen hervorragendes Personal. Ich konnte jederzeit fortgehen. So war ich mal in der Pizzeria D´Amore, mal in der Bierkneipe.

Im neuen Lokal hatten wir schon morgens ab neun Uhr geöffnet. Doch die Vormittagsstunden brachten nur Verluste. Dann, über die Mittagszeit, waren alle vierzig Plätze innerhalb weniger Minuten besetzt. Es kamen allerdings keine reichen Leute, sondern nur kleine Angestellte aus den umliegenden Geschäften, mit spärlichem Einkommen. Das bedeutete, daß wir billige Menüs machen mußten, die die Unkosten nicht deckten. Spätestens um fünfzehn Uhr waren alle Gäste wieder weg. Normalerweise füllen sich Speiselokale ab achtzehn Uhr wieder. Da kommen die Leute wieder zum Essen, wir aber mußten unser Lokal um achtzehn Uhr schließen. Die Miete wurde alle drei Monate erhöht. Die Werbungskosten und die anderen laufenden Ausgaben schnürten mir immer weiter den Hals ab. Von den Grundschulden, die ja auf meinen Namen auf Kredit liefen und von denen auch die Einrichtung wie Möbel, Theke, Espressomaschine, Teigmaschine, Kücheneinrichtung etc. angeschafft worden waren, war noch nichts abbezahlt.... Ich hatte gehofft, die Schulden durch die täglichen Einnahmen abzahlen zu können. Zweieinhalb Jahre habe ich unter diesen Umständen die Zähne zusammengebissen. Ich zahlte täglich drauf, damit das Restaurant überhaupt geöffnet bleiben konnte, der Koch sein Gehalt hatte, der Pizzabäcker nicht weglief. Als es immer rasanter abwärts ging, entschlossen wir uns, das Lokal aufzugeben. Während Raffaele sich zurückzog, stand ich mit den Schulden allein da. Im Oktober mußten wir das Lokal schließen, ein halbes Jahr später war unsere - meine - Liebe zu Ende. Auch ich war durch die zermürbenden Auseinandersetzungen in jener Zeit müde geworden. Unser Verhältnis stimmte nicht mehr, die Trennung war nur noch eine Frage der Zeit. Noch vor Weihnachten zog Raffaele aus meiner Wohnung aus. Danach kam er manchmal noch, aber es war nicht mehr dasselbe wie vorher.

Alles hatte sich so schnell gewendet. Meine Kinder, so sehr sie mir mein Glück auch gönnten, hatten sich von Anfang an zurückgehalten. Auf meinen Wunsch hin respektierten sie den Mann, der an meiner Seite war, obgleich sie diese Beziehung innerlich nicht akzeptierten. Als sie aber sahen, daß sich meine finanzielle Situation von Tag zu Tag verschlechterte, waren sie schließlich froh, daß ich mich von ihm einigermaßen schmerzlos trennen konnte. Zugegeben, ich habe die sieben Jahre mit ihm sehr genossen. Vor allem, daß er sich öffentlich mit mir zeigte, aus der Beziehung kein Versteckspiel machte, mir Blumen schenkte und noch dazu mit mir prahlte. Genau wie Gianni mit Nora. Aber diesen Gedanken verdrängte ich damals lieber. Es ist für jeden ein wunderbares Gefühl, geliebt, begehrt und verwöhnt zu werden.

Und seine Frau? Ich wußte, daß sie schrecklich litt. Sieben Jahre hat sie auf ihn gewartet, als hätte sie gewußt, daß es mit uns eines Tages zu Ende gehen würde. Ich fragte mich, ob sie ewig auf ihn gewartet oder ob sie irgendwann doch aufgegeben hätte. Ich weiß es nicht.

Obwohl meine Verletzung durch Gianni noch frisch war, waren meine Schuldgefühle geringer, als sie nach meinen eigenen früheren Maßstäben hätten sein müssen. Auch bei mir hörte die Solidarität mit anderen Frauen an dem Punkt auf, wo ein Mann dazwischenkam, wie ich feststellen mußte. Mir hatte eine andere Frau meinen Mann weggenommen, so dachte ich im Grunde noch immer. Warum also sollte ich solidarisch mit anderen Frauen sein? Wer war denn mit mir solidarisch gewesen? Ich mußte mir auch eingestehen, daß ich erneut bereit war zu lieben, und daß ich, wenn der Mann verheiratet wäre, dennoch keine Minute zögern würde.

„Ich weiß nicht genau, was ich für dich empfinde, aber dieser Frau trauere ich noch immer sehr nach. Hab Geduld mit mir, Aurelia."

Alexei liebte eine Frau, die ihn verlassen hatte. Ich hatte also jemandem meine Liebe geschenkt, der ein gebranntes Kind war, genau wie ich. Wir diskutierten über die Beziehungen zwischen Mann und Frau, über die Untreue der Männer und was sie für die Frauen bedeutete. So begann es.

Ich ging hinter die Theke, um Bier zu zapfen, er kam nach, streichelte meine Hand und sah mich unverwandt an. Er war erst dreißig Jahre alt, strahlte aber Reife und Besonnenheit aus. Beide hungerten wir nach Zärtlichkeit und Liebe. Wir konnten in den Nächten unsere Enttäuschungen ausweinen und uns gegenseitig die Wunden lecken. Er war liebevoll, gütig und zuvorkommend, aber stark war er nicht. Er war einen Meter neunzig groß, ich dagegen winzig klein, außerdem zu alt für ihn. Doch daran wollte er keinen Gedanken verschwenden.

Nachdem er sich nach unserer ersten Nacht acht Tage nicht hatte sehen lassen, gestand er: „Mit mir ist etwas geschehen. Ich mußte einfach zu dir kommen!"

Er zog in meine Wohnung ein. Beruflich war er auf der Suche nach etwas Neuem, wollte selbstständig arbeiten. Doch er hatte weder etwas gelernt, noch besaß er Startkapital. In

Zagreb wartete seine geschiedene Frau mit einem Kind auf Geld.

Ich erstand einen Kleinbus, damit er ein eigenes Speditionsunternehmen gründen konnte. Er fing an, gut zu verdienen, bekam täglich mehr Aufträge. Abends half er hin und wieder im Lokal.

Doch schon bald stimmte es nicht mehr zwischen uns. Die körperliche Zuwendung und sein Hunger nach mir ließen nach. Wie Bruder und Schwester lagen wir nebeneinander, nichts geschah. Selbst wenn wir uns streichelten und küßten, brach er plötzlich ab, wenn es am schönsten war, deckte uns zu, hielt meine Hand, streichelte meine Wange, gab mir einen Kuß auf die Stirn und forderte mich auf zu schlafen. Es war nicht zu fassen! Was war los?

„Alexei, ich flehe dich an! Sag mir, was geschehen ist. Sollen wir einen Arzt aufsuchen, Alexei?..."

„Mir genügt das, ich muß nicht unbedingt mit dir schlafen."

Doch er war körperlich sehr erregt. Alles andere stimmte zwischen uns - bis auf das eine.

Unsere nächtlichen Auseinandersetzungen trieben mich zur Verzweiflung. Fallenlassen wollte ich ihn nicht, dazu hing ich zu sehr an ihm.

Seine Mutter, die bereits seit dreißig Jahren hier arbeitete, dann sehr erkrankte und sich entschloß, endgültig in ihre Heimat zurückzugehen, bat ihn, ihr beim Umzug zu helfen. Ich hatte seine Mutter einmal im Krankenhaus besucht, und wir mochten uns gern. Sie war froh, ihren einzigen Sohn bei mir zu wissen.

Als er weg war, rief ich ihn immer wieder in seinem Dorf an, fragte, was er machte, wann er zurückkäme. Er müsse noch eine Weile dort bleiben, seinem Vater beim Bau helfen. „Ich melde mich dann", sagte er. Ich wartete.

Etwa ein Vierteljahr später, am Heiligabend, stand er plötzlich vor meiner Haustür, abgerissen wie ein Bettler, völlig verdreckt und erschöpft. Er war mit dem Reisebus gekommen. Sein eigener Bus war kaputt, eine Reparatur lohnte sich nicht mehr. Die Einzelteile davon hatte er an einen Schrotthändler verkauft.

Nach einer Auseinandersetzung mit seiner geschiedenen Frau wegen Unterhaltszahlungen für seine Tochter hatte sie ihn angezeigt und behauptet, er habe sie geschlagen. Daraufhin hatte man ihn verhaftet, zwanzig Tage lang eingesperrt, geschlagen und gedemütigt. Nachdem er dem Staatsanwalt und dem Richter je ein Videogerät versprochen und die Polizisten bestochen hatte, gab man ihm seinen Reisepaß zurück.

Jetzt hieß es von vorn anfangen. Doch dazu war er nicht mehr in der Lage. Apathisch und mutlos saß er auf dem Sofa und weinte, ballte die Fäuste, sprach mit sich und rauchte. Mein Versuch, wieder zueinander zu finden, meine Hoffnung, unsere Liebe könnte ihm helfen, blieben Illusion. Wieder geschah dasselbe, wenn wir zusammen waren: Wir küßten, streichelten und liebten uns leidenschaftlich, ich ließ mich völlig fallen, und plötzlich war Schluß. Aus. Ich konnte damit nicht umgehen.

Wenn ich ihn fragte, wie er sich unser weiteres Leben vorstellte, erzählte er immer wieder von dem Elend in seiner Heimat, von menschlichen Tragödien und Leid.

„Ich bin zu dir zurückgekommen, weil ich bei dir bleiben will. Meine wirkliche Familie seid ihr. Aber stell mich nicht vor eine Entscheidung. Gib mir ein wenig Zeit, ich muß erst wieder zu mir kommen."

Die Tage, die Wochen vergingen. Alexei zeigte kein Verlangen nach meinem Körper. Ich konnte ihm nicht helfen.

„Erhole dich, finde zu dir zurück. Wenn du meinst, du bist wieder okay, dann komm zurück."

Wir hegten keinen Groll gegeneinander. Als er zurückkam, machte er den Eindruck, als hätte ihm die Zeit des Nachdenkens gutgetan. Er hatte viel gelesen und war zu der Überzeugung gekommen, daß er zum Arzt gehen müsse.

„Du hattest recht", sagte er. Aber auch seine Arbeitslosigkeit, das nutzlose Herumhängen und das Gefühl, mir auf der Tasche zu liegen, waren Gründe für seine Schwierigkeiten. Körperlich fehlte ihm nichts, aber seine Situation als Illegaler lähmte ihn in jeder Hinsicht. Kein Wunder. Er war keineswegs impotent.

Ich hatte geglaubt, der Gedanke an seine Frau, die er immer noch liebte, habe ihn blockiert. Jetzt war ich fast erleichtert!

Daß er sich wegen seiner Existenz Sorgen machte, konnte ich verstehen. Ich bot ihm an zu heiraten und die deutsche Staatsanhörigkeit zu beantragen.

Doch dann änderte er urplötzlich seine Meinung wieder und wollte überhaupt nichts unternehmen, um die Situation zu verändern. Möglicherweise war es ihm peinlich, deswegen einen Arzt aufzusuchen. Unsere Konflikte steigerten sich, bis ich kurz vor einem Nervenzusammenbruch stand.

Meine Ausfälle nützten mir wieder einmal gar nichts, im Gegenteil. Eines Tages kam Alexei ins Lokal, gab mir den Schlüssel zurück und ging einfach davon.

Wir hatten uns im großen und ganzen fabelhaft verstanden, wäre da nicht dieser eiserne Vorhang gewesen, der bei ihm in den entscheidendsten Momenten fiel. Er nahm mir viel Arbeit ab. Wenn ich müde und abgearbeitet war, bediente er im Lokal, besser als mancher ausgebildete Kellner. Er sprach mehrere Sprachen, unter anderem auch meine Muttersprache, und kleidete sich ausgesprochen geschmackvoll. Wenn ich darüber nachgrübelte, wo das Problem liegen könnte, fragte ich mich auch, ob er möglicherweise homosexuell war. Er war immer mit Männern zusammen. Als er in seiner Heimat war und lange nichts von sich hören ließ, fragte ich seine Mutter am Telefon, ob eine andere Frau im Spiel sei. Sie versicherte, er habe nur männliche Freunde, sei aber auch viel allein unterwegs. Er denke viel nach, sei schweigsam, mache lange Spaziergänge in den Bergen und schreibe für sich, wenn er allein sei.

Seine Fröhlichkeit war wie weggeblasen, seine Blicke waren beängstigend starr. Er lachte nie, ging auch nicht mehr in Jazzkonzerte. Was hatten sie wohl im Gefängnis mit ihm angestellt? Ich ließ ihn nicht leichten Herzens gehen.

Lange habe ich gewartet, daß er zurückkommt, nicht nur, weil er mich brauchte. Ich wünschte mir einen Mann an meiner Seite, wollte lieben und geliebt werden. Doch ich kam mir immer mehr wie seine Mutter vor, eine Rolle, die mir ganz und gar nicht behagte. Möglicherweise ging es ihm besser, wenn er sich nicht unter Druck gesetzt fühlte, keine Pflichten hatte, nichts tun mußte, was ihm zuwider war.

Meine Familie hatte ihn sehr gern. Er hatte in der kurzen Zeit alle Herzen erobert. Wir haben viel miteinander gelacht und sind alle gemeinsam ausgegangen.

Alexei liebte Jazz und kannte sich gut darin aus. Eines Abends, es war bereits nach Mitternacht, doch keiner hatte Lust, schon nach Hause zu gehen, überlegten wir, was wir noch unternehmen könnten. Alexei wollte zum „Jazz live Konzert" nach Mainz. Doch da er schon ziemlich angetrunken war, fuhr ich nach Hause. Als er das merkte, wurde er wütend und bestand darauf, auf der Stelle nach Mainz gefahren zu werden. Als ich keine Anstalten machte zu wenden, stieg er aus dem fahrenden Auto aus. Die Tür schlug zu. Wir drehten um, suchten ihn, doch er blieb wie vom Erdboden verschluckt. Wir gaben die Suche auf, waren schon auf dem

Weg nach Hause, als wir ihn plötzlich ziellos umhertorkeln sahen. Wir versuchten, ihn dazu zu bewegen, wieder einzusteigen, aber er schlug um sich und schrie, wir hätten ihn betrogen. Er wollte zum „Jazz live Konzert", wir sollten ihn in Ruhe lassen, er wolle nichts mehr von uns wissen.

Archia und Marcello fuhren in ihre Wohnung. Ich ging ebenfalls nach Hause und beobachtete ihn von meinem Platz hinter dem dunklen Küchenfenster aus.

Er war inzwischen an seinem parkenden Wagen angekommen und versuchte, die Tür zu öffnen, was ihn in seinem Zustand offenbar große Mühe kostete.

Ich lief hinaus und versuchte, ihn hereinzuholen, ohne Erfolg. Ich stellte mich vor das Auto: „Nur über meine Leiche."

Er hatte die Augen aufgerissen wie ein Wahnsinniger.

Ich bekam Angst. „Warum tust du mir das an, Alexei? Was habe ich dir getan? Merkst du nicht, daß ich dich lieb habe? Ich will nicht, daß du dich totfährst!"

Er verstand mich nicht. Ich stieg zu ihm in den Wagen und versuchte, ihn in den Arm zu nehmen, aber er wehrte ab. Immerhin gelang es mir, dabei die Wagenschlüssel an mich zu bringen.

„Mach das nicht!" schrie er hinter mir her. „Wenn ich jetzt nicht wegfahren kann, dann komme ich nie mehr zurück!"

„Mach, was du willst", rief ich zurück und ging ins Haus. Ich hoffte, er würde sich bald beruhigen und nachkommen. Er kam nicht.

Gegen Morgen schließlich klingelte er an der Tür, wollte seine Wagenschlüssel haben. Er schlotterte vor Kälte, hatte die Nacht bei etlichen Minusgraden im Auto verbracht. Wir fielen uns in die Arme. Er war inzwischen wieder nüchtern.

„Gut, daß du mich nicht hast wegfahren lassen, sonst säßest du jetzt wahrscheinlich an meinem Bett, in irgendeinem Krankenhaus..."

Das letzte Mal kam er - wieder nach einer längeren Pause - aus seiner Heimat, den Reiseproviant in einer Plastiktüte, unrasiert, erschöpft, zu mir. Obwohl ich bereits in einer neuen, ebenso problematischen Beziehung steckte, nahm ich ihn auf. Allerdings wollte ich nicht, daß er blieb, wenn sich die Probleme nicht beseitigen ließen. Er wollte, daß wir es noch einmal miteinander versuchten. Doch auch diese erneute Begegnung brachte eine Enttäuschung. Als wir uns darüber auseinandersetzten, meinte Alexei, er sei sowieso nicht gekommen, um zu bleiben. Er wollte nur einige Monate hier arbeiten, um in seiner Heimat eine neue Existenz zu gründen. Dann ging er traurig weg.

Gaetano ist verheiratet und Vater von zwei Kindern. Er sagt, er liebt seine Frau, weil sie für ihn gelitten und auf ihn gewartet hat. Sein ältester Sohn war drei Jahre alt, als die Carabinieri seiner Frau die Nachricht überbrachten, ihr Mann sei wegen eines Mordfalls verhaftet worden. Gaetano sagte, er habe in Notwehr geschossen, aber er konnte es nicht beweisen. Die Leiche wurde durchlöchert in einem Swimmingpool gefunden.

Man brachte ihn auf eine Insel, wo ihn niemand besuchen durfte. Dort fiel ihm ein Buch von Oriana Fallaci in die Hände: „Brief an ein nie geborenes Kind", vergessen von seinem Vorgänger, verstaubt, vergilbt. Er las ein und dasselbe Buch unzählige Male. Sogar jetzt, Jahre danach, konnte er lange Passagen daraus auswendig zitieren.

Während eines Hafturlaubs machte er sich aus dem Staub. Nun war er hier, und ich verliebte mich in ihn. Anfangs glaubte ich, daß wir gut zusammenpassen, und träumte davon, mit ihm zusammenzubleiben. Inzwischen ist mir klar, daß es nicht funktionieren wird. Seine Frau hat von unserer Beziehung erfahren und setzt ihn unter Druck.

Er sagte: „Ich weiß nicht zu sagen, was es ist, aber ich habe Angst vor ihr." Möglicherweise droht sie, ihn zu verraten. „Hab Geduld mit mir, Aurelia. Wenn es eine Amnestie gibt, dann werde ich wieder ein richtiger Mensch, dann sehen wir weiter. Einmal möchte ich wieder die Erde von Catania riechen." Er machte mir den Hof nach allen Regeln der Kunst. Wie eine Libelle schwirrte er um mich herum. Selbst an seinen Spielchen als Frauenheld fand ich Gefallen. Was ich allerdings nie verstanden habe: Wie er zwei Menschen gleichzeitig lieben konnte. Und ich war nicht die erste, die er neben seiner Frau liebte. Aber beim erstenmal waren die Umstände andere, als er sich im Gefängnis in seine Betreuerin verliebte. Diese ging zu Gaetanos Frau und teilte ihr mit, ihr Mann wolle sich von ihr scheiden lassen, da er noch viele Jahre Gefängnis vor sich habe. Schweren Herzens willigte sie in die Scheidung ein, hatte wohl selbst einen Freund. Als sie jedoch merkte, was dahinter steckte, nahm sie ihre Einwilligung zurück. Damit war dann auch Gaetanos Verhältnis mit der Betreuerin beendet. Seine Frau kämpfte zunächst um ihn, doch als sie sich zerstritten, ging sie wieder zu ihrem Geliebten zurück. Dieser hat sie jedoch gedemütigt und geschlagen, so daß sie endlich zu Gaetano zurückfand.

Für mich war das eine ganz unglaubliche Geschichte, daß eine Frau gehen und kommen und wieder gehen konnte, wie sie wollte. Ihr Ehemann nahm sie auf, immer wieder. Da, wo ich herkam, ging das nur umgekehrt, wie bei Gianni und mir. Gaetanos Erfahrungen wären in Sizilien Grund genug für Mord und Totschlag.

Ich genoß Gaetanos Blicke, seine Komplimente und seine Zärtlichkeiten, als wir uns kennenlernten. Wir tranken gemeinsam eine Flasche Sekt, bevor er ging. Wenige Minuten später rief er mich von einer Telefonzelle aus an und sagte, er halte es ohne mich nicht mehr aus. Aber es blieb eine Liebe ohne Hoffnung. Manchmal sieht er mich traurig an. Dann zieht er sich plötzlich wie eine Muschel zurück und klappt die Schale zu. Ich fühle mich ihm dennoch sehr nahe, wenngleich er in vieler Hinsicht ganz anders ist als ich.

Beispielsweise ist er sehr katholisch. Ich dagegen schimpfe über den Papst, der mit so viel Pomp in der Welt herumreist, immer den roten Teppich unter den Füßen und den reichen Vatikan im Rücken. Das alles bei soviel Elend in der Welt. Jesus hat in Armut gelebt. An Gott glaube ich, aber ich gehe nicht zur Kirche. Wenn ich verzweifelt bin, bete ich zur Madonna. Gaetano findet, das sei zuwenig.

Letzten Sommer in Neapel habe ich ein Versprechen eingelöst. Bei Volto Santo, dem Fest der tausend Wunder, habe ich gespendet, weil ein großer Wunsch für mich in Erfüllung gegangen war. Schon als Kind faszinierten mich Kirche und religiöse Feierlichkeiten.

Ich war zwölf Jahre alt. Alljährlich wurde in unserer Dorfkirche in Sizilien für die Madonna Riparo ein großes Fest gefeiert. Für die Jahrhundertfeier war eine große Messe angekündigt. Sogar Kardinäle aus Rom waren anwesend. Ich zog mein schönstes Kleid an, weil ich auch dabei sein wollte. Mutter erlaubte es mir, obwohl uns an diesem Tag meine Patentante besuchte, die von weit her angereist war. Die Kirche war festlich geschmückt und voller Menschen. Ich war starr vor Staunen, so etwas sah ich schließlich nicht jeden Tag. Als die Messe zu Ende war und ich nach Hause kam, wartete Don Orlando schon an der Haustür auf mich. Er schrie und schlug mich mit dem Besen, weil ich nichts für unseren Gast gekocht hatte. Warum schützte mich die Madonna Riparo nicht vor seinen Schlägen?

Als ich gekocht hatte und die Nudeln zu weich wurden, weil das Feuer nicht stark genug war, da rührte er mit seinen Händen, an denen noch Lehm klebte, darin herum, hielt mir den Topf mit den Nudeln vor den Mund und zwang mich, die lehmigen Nudeln zu essen. Ich erbrach mich, mußte aber immer weiter essen, denn er stand neben mir und schlug mich fast zum Krüppel. Mutter griff nicht ein.

Damals fing ich an, daran zu zweifeln, ob es einen Gott gab. Wenn ich an den Tod dachte, erschien er mir oft eher als eine Erlösung denn als Bedrohung.

Als ich Gaetano kennenlernte, ließ ich mir von einer Wahrsagerin die Karten legen. Ein Bär erschien. Reich und unabhängig sei er und gar nicht so weit weg von mir.

„Er wird dir bald begegnen", sagte sie, „er ist der Mann deines Lebens". Inzwischen ist ein Jahr vergangen. Auch bei Alexei damals hatten die Karten prophezeit, mich werde ein Bär küssen, aber auch, daß dies keine dauerhafte Beziehung sein werde. Ich solle mir keine Illusionen machen. Diesmal meinte sie, Gaetano werde sich bald von seiner Frau trennen - allerdings nicht meinetwegen.

Nun warte ich auf den nächsten Bären. Die Einsamkeit quält mich. Noch träume ich von selbstloser Liebe mit Haut und Haaren, von Frieden und Harmonie, jeden Tag aufs Neue. Meine Eifersucht kommt mir dabei immer wieder in die Quere. Einerseits verhindert sie, daß eine Beziehung zur Routine wird, aber andererseits nehme ich dem anderen dadurch die Luft zum Atmen weg.

Ich sitze mit Sarah allein in diesem verlassenen Nest bei Neapel. Die Sommerferien sind vorbei, das Dorf ist wie leergefegt. Die Neapolitaner sind wieder in ihrer Stadt. Die Frauen kehren zurück an den Herd, die Kinder gehen wieder zur

Schule, die Männer zur Arbeit. Zurückgeblieben sind wir, Sarah und ich, mit einem riesigen Müllberg und ein paar Katzen. In den Gärten hängen noch ein paar vergessene Feigen an den Ästen, unreife Maulbeeren und halb verwelkte Blumen leisten ihnen Gesellschaft. Die Gartentore sind mit schweren Schlössern verriegelt. Auch die Hunde sind mit ihren Besitzern verschwunden. So sitzen wir abends bei Kerzenlicht auf der Terrasse. Wir schweigen und horchen auf das Rauschen des Meeres. In den Morgenstunden, wenn das Meer sich beruhigt hat, schlafen wir. In den letzten Tagen haben uns schwere Unwetter heimgesucht.

Seit in zwei Nachbarhäusern eingebrochen wurde, bekommt Sarah in der Nacht Angst, lauscht und vermutet Diebe, wo doch nur der Wind in den Zweigen des Oleanderbaums wütet. Wir haben kein Telefon und keine Alarmanlage, geschweige denn eine Waffe.

Wenn Sarah schläft, fühle ich mich mutterseelenallein. Auch unsere Tage hier sind gezählt, bald beginnt wieder unser beschwerlicher Alltag in Deutschland. Meine Kinder sind aus dem Haus. Auch Laura hat inzwischen ihre glückliche Familie. Ihr Mann Horacio wacht über sie wie ein Adler und liebt sie über alles. Ihr Sohn, mein Enkel Sergio, ist gerade zwei Jahre alt geworden. Mir ist ein wenig unbehaglich, wenn ich in aller Öffentlichkeit als Großmutter bezeichnet werde. Doch wenn Elettra und Sergio in das Lokal hereinstürmen und aus vollem Herzen „Nonna" rufend mir in die Arme fallen, kann meinetwegen die ganze Welt untergehen. Nur darf nicht zufällig jemand da sein, mit dem ich gerade flirte...

Mein Vater ist vor einigen Jahren gestorben. Klara genießt ihr Alter wird dabei von Tag zu Tag jünger und attraktiver. Doch sie fühlt sich einsam und bedauert noch immer, daß die glücklichen Tage mit Vater nicht mehr zurückzuholen sind.

In der Stunde des Abschieds sah ich Don Orlando zum erstenmal weinen. Er schluchzte wie ein Kind, versuchte, seine Tränen zu verbergen. Mutter und er stopften unsere Koffer voll mit frisch geernteten Pistazien, Pastamehl, Feigen und einem Kanister Wein. Unser Gepäck hatte insgesamt hundert Kilo Übergewicht, als es auf dem Flughafen eingecheckt wurde. Mutter heulte mit, während Maria-Rosalia, Gesualdo und die drei Kinder uns zum Flughafen begleiteten.

In früheren Jahren besuchte ich bei meinen Reisen nach Bel Passo stets meine Schwiegereltern. Sie wohnen noch immer im Nebenhaus. Nach unserer Trennung besuchte ich einmal meinen Schwiegervater am Krankenbett. Er war erblindet und ans Bett gefesselt. Er trauerte um unsere gescheiterte Ehe.

„Bring mir den Mann deines Herzens, mein Kind", sagte er. „Ich will dich selbst in die Kirche begleiten und dir meinen Segen geben."

Nachdem aber Gianni nach Bel Passo zurückgekehrt war, mied ich das Haus, weil ich fürchtete, ihm und Nora dort zu begegnen.

Signora Erminia starb vor zwei Jahren, ihr Mann in diesem Frühjahr. Das Tor ist geschlossen.

Nichts zieht mich mehr dorthin, seit langem nicht mehr. Nicht einmal meine Mutter. Oft genug hatte sie mir die kalte Schulter gezeigt, als ich ihre Liebe brauchte, wandte sich stumm ihrer Arbeit zu, wenn ich mich an sie schmiegte. Als Kind wanderte ich im Schatten ihrer Schürze, wohin sie auch ging. Klein war ich, zierlich und anhänglich. Für ein warmes Lächeln konnte man von mir das Mark meiner Knochen verlangen. Doch stumm waren sie alle. Und nun, wo sie beide einen Fuß auf die Schwelle gesetzt haben, vergießen sie Krokodilstränen, wenn ich abreise. Doch ich bin sicher, daß sie den Schmerz, den sie zeigen, tatsächlich empfinden.

Und ich? Ich bin für sie nach wie vor das brave Kind. Weinen sie, weine ich mit. Trauern sie, heitere ich sie auf, fehlt ihnen etwas, eile ich zu ihnen wie die Feuerwehr. Gelernt habe ich wohl nicht viel aus dem, was ich erfahren und erlebt habe. Nur verschlossen und ein wenig verbittert bin ich geworden.

Ich flog über den Ätna. Die riesigen Flammen stiegen in den Himmel empor. Wie das Flugzeug mit jedem Windstoß seine Kreise zog, und der gute Ätna, majestätisch, gewaltig und geheimnisvoll wie eine breithüftige Mutter das Feuer aus dem Bauch schleuderte, wie wenn Kinder in verschneiten Nächten angekuschelt ihrer Mutter zuhören, so stehen sie da, jene sechs Krater, stumm, bluten für mich. Da wird das Herz zu einem Falken. Der Falke schlägt gegen den Käfig. Mit den Flügeln. Mit dem Kopf. Der Falke will hinaus. Flieg, großer Falke, flieg über den Ätna, flieg an seine Spitze, zieh deine Kreise, lehn dich an seine Felsen. Ruh dich aus, mein Falke. Höre die Geschichte, die der Berg erzählt. Die Geschichte jener wunderbaren Insel. Viel Schreckliches hat man über uns erzählt. Doch unsere Ängste kümmern niemanden. Schon im Mutterleib wissen wir, welche Todesangst unsere Väter und Söhne in die Arme der „ehrenwerten Gesellschaft" treibt. Während die großen Haie in ihren Limousinen, in maßgeschneiderten Nadelstreifenanzügen, ihre Blicke ewig hinter Sonnengläsern versteckt, in ihren Bunkern ihre Geschäfte treiben, sind wir Frauen und Kinder die Hauptleidtragenden.

Nirgends sonst auf der Erde gehört die Angst so zum Alltag wie das Salz zum Brot. Angst vor dem Geborenwerden, Angst vor dem Tod.

Umso mehr erschaffen wir das Leben und die Lebenslust. Umso mehr lieben wir dieses Leben.

Saliha Scheinhardt
- Frauenschicksale -

Saliha Scheinhardt
Drei Zypressen
Erzählungen über türkische Frauen in Deutschland
Band 4080

Türkische Frauen zwischen zwei Kulturen. Ein herausforderndes und sehr politisches Stück Frauenliteratur über das Leben in der Fremde.

Saliha Scheinhardt
Frauen, die sterben, ohne daß sie gelebt hätten
Erzählung
Band 4155

Inzwischen verfilmt: Eine verzweifelte junge Türkin in Deutschland tötet ihren Mann, gegen dessen Brutalität und sexuelle Gewalt sie sich nicht mehr zu wehren weiß.

Saliha Scheinhardt
Und die Frauen weinten Blut
Erzählungen
Band 4188

Drei Frauenschicksale zwischen türkischen Slums und dem „gelobten Land" Deutschland. „Ein sensibles und eindringliches Buch" (Merkur).

Saliha Scheinhardt
Sie zerrissen die Nacht
Erzählung
Band 4232

Eine kurdische Familie auf der Flucht vor Hunger, Krieg und Unterdrückung. – Die authentische Geschichte der Odyssee einer jungen, starken Frau.

Sabine Brodersen
Inge
Eine Geschichte von Schmerz und Wut
Band 4059

Zwei Frauen, Patientin und Krankenschwester, und ihr Alltag: „Eine drastische Schilderung des anonymen Klinikbetriebs" (Deutsches Ärzteblatt).

Marina Schnurre/Renate Kreibich-Fischer
Ich will fliegen, leben, tanzen
Zwei Frauen arbeiten mit Krebskranken
Band 4066

„Ernsthaft und optimistisch, zärtlich und voller Menschlichkeit" (Deutsche Krankenpflege-Zeitschrift).

Manjul Bhagat
Anaro oder die Tücken des Alltags von Delhi
Roman
Band 4086

Eine Inderin erzählt: die Geschichte von der Würde und dem Stolz der Armen und von der Stärke der scheinbar Schwächsten, den Frauen.

Christine von Weizsäcker/Elisabeth Bücking (Hrsg.)
Mit Wissen, Widerstand und Witz
Frauen für die Umwelt
Band 4093

Sie blockieren, demonstrieren und intervenieren. In allen Teilen der Welt kämpfen engagierte Frauen den Kampf für die Umwelt, gegen Lobbyisten und Dummheit.

Gunda Schneider
Noch immer weint das Kind in mir
Eine Geschichte von Mißbrauch, Gewalt und neuer Hoffnung
Mit einem Nachwort von Irene Johns
Band 4097

Alle haben es gemerkt, und jeder hat geschwiegen – auch Gunda selbst. Erst als erwachsene Frau kann sie die Erfahrung des Inzests in Worte fassen.

Ursula Salentin
Ich bleibe Rita Süssmuth
Eine Biographie
Band 4162

Das packende Portrait einer profilierten Politikerin, die sich mit Zivilcourage, Kompetenz und Fairneß für ihre Ziele einsetzt.

Christine Swientek
Wer sagt mir, wessen Kind ich bin?
Von der Adoption Betroffene auf der Suche
Band 4163

Praktische und psychologische Hinweise, die sowohl Adoptivkindern, als auch ihren leiblichen und „neuen" Eltern helfen, sich einander anzunähern.

Sylvia Curruca
Als Frau im Bauch der Wissenschaft
Was an deutschen Universitäten gespielt wird
Band 4180

Kungeleien, Kommissionen, Karrieren: Was frau im männerbesetzten Hochschulalltag so alles erleben kann. Die bissige Abrechnung mit einem zweifelhaften System, frech und wahr.

Ruth Salama
Tausendundeine Station
Ein Frauenleben zwischen Berlin und Kairo
Band 4190

Eine starke, faszinierende Frau findet ihren eigenen Weg: Die Liebe zu einem Ägypter läßt sie ausbrechen in eine fremde Kultur.

Heidi Gidion
Und ich soll immer alles verstehen ...
Auf den Spuren von Müttern und Töchtern
Band 4214

Die vielen Nuancen der Mutter-Tochter-Beziehung, mit psychologischem Spürsinn erschlossen anhand von Texten großer Dichterinnen.

Ina und Peter Heine
O ihr Musliminnen ...
Frauen in islamischen Gesellschaften
Band 4217

Frauen zwischen religiösem Ideal, rechtlicher Einengung und sozialer Realität – ein fundiertes, plastisches Portrait.

Heidi Gidion
Was sie stark macht, was sie kränkt
Töchter und ihre Väter
Band 4225

Brauchen Töchter Väter? Und umgekehrt? Anhand konkreter Situationen und in Texten großer Autorinnen spürt Heidi Gidion den reichen Nuancen dieser Beziehung nach.

Annemarie Pieper
Aufstand des stillgelegten Geschlechts
Einführung in die feministische Ethik
Band 4231

Für weibliches Denken: Eines der ersten Bücher, das die Notwendigkeit einer geschlechtsspezifischen Moral und Existenzform begründet. Mit allen wichtigen Konzepten von Beauvoir bis Irigary.

Heike Langenbucher
Sprache des Körpers – Sprache der Seele
Wie Frauen sich wohlfühlen können
Band 4242

Die Signale des Körpers und der Seele erkennen, sich als Frau wirklich rundum mögen! Wohlfühl-Tips einer Frauenärztin.

Barbara Krause
Diego ist der Name der Liebe
Frida Kahlo – Leidenschaften einer großen Malerin
Band 4270

Den Schmerz von Körper und Seele schreit sie in ihren Bildern hinaus: Frida Kahlo, die große surrealistische Malerin. Ihre Liebe zu dem Künstler Diego Rivera war so kompliziert, fesselnd und intensiv wie ihr ganzes Leben.

Claudia Harss/Karin Maier
Joghurt allein genügt nicht
Aktive Streßbewältigung für berufstätige Frauen
Band 4275

Beruf, Haushalt, Mann plus Kinder – alles kein Problem? Oft können einfache Tricks den Alltag verändern. Wenn frau sie kennt.

Sonja Auras
Ich bin Ärztin und HIV-positiv
Eine junge Frau kämpft gegen Ausgrenzung und mächtige Interessen
Band 4280

Eine junge Ärztin infiziert sich in ihrem Beruf mit der tödlichen Krankheit. Es beginnt ein mutiger Kampf gegen die gesellschaftliche Ausgrenzung und das persönliche Schicksal.

Christine Swientek
Mal sehen, was das Leben noch zu bieten hat
Das fünfzigste Jahr oder die bessere Hälfte des Lebens
Band 4298

Die Chance für einen Neuanfang, denn frau entscheidet selbst, wie es weitergehen soll. Ein heiter-freches Tagebuch.

Rita Neubauer
Als Dianita nicht nach Hause kam
Kinderhandel in Lateinamerika
Band 4289

Alltag in Mexiko: Kinder verschwinden plötzlich spurlos, Eltern suchen verzweifelt. Viele Fährten führen zu deutschen Adoptiveltern.

Caterina Wolfherz
Tanz entlang der Lebenslinie
Mit Phantasie und Bewegung älter werden
Band 4301

Das Alter als Befreiung sehen: Die erfahrene Tanztherapeutin hilft mit vielen Übungen, ein neues Körperbewußtsein zu finden und auch die zweite Lebenshälfte zu genießen.